Georges Simenon, écrivain belge de langue française, est né à Liège en 1903. Il est l'un des auteurs les plus traduits au monde. À seize ans, il devient journaliste à *La Gazette de Liège*. Son premier roman, publié sous le pseudonyme de Georges Sim, paraît en 1921 : *Au pont des Arches, petite histoire liégeoise*. En 1922, il s'installe à Paris et écrit des contes et des romans populaires. Près de deux cents romans, un bon millier de contes écrits sous pseudonymes et de très nombreux articles, souvent illustrés de ses propres photos, sont parus entre 1923 et 1933... En 1929, Simenon rédige son premier Maigret : *Pietr le Letton*. Lancé par les éditions Fayard en 1931, le personnage du commissaire Maigret rencontre un immense succès. Simenon écrira en tout soixante-quinze romans mettant en scène les aventures de Maigret (ainsi que vingt-huit nouvelles). Dès 1931, Simenon commence à écrire ce qu'il appellera ses « romans durs » : plus de cent dix titres, du *Relais d'Alsace* (1931) aux *Innocents* (1972). Parallèlement à cette activité littéraire foisonnante, il voyage beaucoup. À partir de 1972, il cesse d'écrire des romans. Il se consacre alors à ses vingt-deux *Dictées*, puis rédige ses *Mémoires intimes* (1981). Simenon s'est éteint à Lausanne en 1989. Il fut le premier romancier contemporain dont l'œuvre fut portée au cinéma dès le début du parlant avec *La Nuit du carrefour* et *Le Chien jaune*, parus en 1931 et adaptés l'année suivante. Plus de quatre-vingts de ses romans ont été portés au grand écran (*Monsieur Hire* avec Michel Blanc, *Feux rouges* de Cédric Kahn, ou encore *L'Homme de Londres* de Béla Tarr), et, à la télévision, les différentes adaptations de Maigret ou, plus récemment, celles de romans durs (*Le Petit Homme d'Arkhangelsk*, devenu *Monsieur Joseph*, avec Daniel Prévost, *La Mort de Belle* avec Bruno Solo) ont conquis des millions de téléspectateurs.

GEORGES SIMENON

La Fenêtre des Rouet

PRESSES DE LA CITÉ

La Fenêtre des Rouet © 1945 Georges Simenon Ltd.
All rights reserved.
GEORGES SIMENON® **⌐Simenon.tm**. All rights reserved.
ISBN : 978-2-253-14291-1 – 1ʳᵉ publication LGF

PREMIÈRE PARTIE

1

La sonnerie triviale d'un réveille-matin éclata derrière la cloison, et Dominique sursauta, comme si c'était elle que cette sonnerie – mais n'allait-on donc pas l'arrêter ! – était chargée de réveiller, à trois heures de l'après-midi. Un sentiment de honte. Pourquoi ? Ce bruit vulgaire ne lui rappelait que des souvenirs pénibles, vilains, des maladies, des soins au milieu de la nuit ou au petit jour, mais elle ne dormait pas, elle ne s'était même pas assoupie. Pas une seconde sa main n'avait cessé de tirer l'aiguille ; elle était à vrai dire, l'instant d'avant, comme un cheval de cirque qu'on a oublié à l'exercice et qui a continué de tourner, qui tressaille et s'arrête net en entendant la voix d'un intrus.

Comment, à côté, derrière la porte brune, presque tout contre elle, peuvent-ils supporter ce vacarme insolent ? Il leur suffirait de tendre le bras, sans ouvrir les yeux, d'atteindre en tâtonnant l'appareil qui trépide sur un guéridon, et ils ne le font pas, ils ne bougent pas, ils sont nus, elle le sait, chair à chair, emmêlés, des luisances de sueur sur la peau, des cheveux qui collent aux tempes ; ils se complaisent dans cette chaleur, dans cette odeur de bête humaine ; on devine que quelqu'un bouge, s'étire, que des cils battent ; une voix endormie, celle de la femme, balbutie, sans doute en cherchant machinalement le corps de l'homme auprès du sien :

— Albert…

Les doigts de Dominique ne se sont pas arrêtés. Sa tête est penchée sur la robe qu'elle raccommode sous la manche, là où s'usent toutes ses robes, surtout l'été, parce qu'elle transpire.

Il y a deux heures qu'elle coud, à tout petits points, reconstituant une trame aussi fine que celle du tissu blanc à dessins mauves et, maintenant que le réveil des locataires l'a fait tressaillir, elle serait incapable de dire à quoi elle a pensé pendant ces deux heures. Il fait chaud. Jamais l'air n'a été si lourd. L'après-midi, le soleil frappe en plein de ce côté du faubourg Saint-Honoré. Dominique a fermé ses persiennes, mais elle n'a pas joint tout à fait les deux battants ; elle a laissé une fente verticale de quelques centimètres par laquelle elle découvre les maisons d'en face, et, des deux côtés de cette fente où coule du soleil en fusion, brillent les fentes horizontales, plus étroites, aménagées dans le bois.

Ce dessin lumineux, d'où sourd une chaleur brûlante, finit par se graver dans les yeux, dans la tête, et, si on regarde soudain ailleurs, on le projette en même temps que son regard, on le transporte sur la porte brune, sur le mur, sur le plancher.

Des autobus, de deux en deux minutes. On les sent déferler, énormes, au fond de la tranchée de la rue, et ils ont quelque chose de méchant dans leur brutalité, surtout ceux qui montent vers la place des Ternes et qui soudain, devant la maison, là où la pente s'accentue, changent bruyamment de vitesse. Dominique en a l'habitude, mais il en est comme des rais de soleil, elle les entend malgré elle, le bruit entre dans sa tête, y laisse une trace bourdonnante. Le réveil ne s'est-il pas tu à côté ? Pourtant elle croit l'entendre encore. C'est peut-être que l'air est si épais qu'il garde les empreintes des sons comme la boue garde la trace des pas.

Elle ne voit pas les rez-de-chaussée d'en face. Elle ne les découvre que quand elle se lève. Et cependant certaines images restent présentes, par exemple la devanture jaune citron de la crémerie ; le nom, en vert, au-dessus de la vitrine : *Aubedal* ; les fruits, les légumes ; les paniers, sur le trottoir, et de temps en temps, malgré tous les bruits de la ville, les coups de sifflet de l'agent du carrefour Haussmann, les klaxons des taxis, les cloches de Saint-Philippe-du-Roule, un tout petit bruit familier parvient jusqu'à elle, distinct des autres, le timbre grêle de cette crémerie.

Elle a chaud, bien qu'elle soit presque nue. Cela ne lui est jamais arrivé de faire ce qu'elle a fait ce jour-là. Elle a retiré sa robe pour la raccommoder, et elle n'en a pas mis d'autre. Elle est restée en chemise, elle en est troublée, elle en a un peu honte ; deux ou trois fois, elle a failli se lever pour passer un vêtement, surtout quand son regard tombe sur elle-même, quand elle sent trembler ses seins, qu'elle aperçoit, très blancs, très délicats, dans l'échancrure de la chemise. Une autre sensation est étrange, quasi sexuelle, celle des gouttes de sueur qui, à intervalles à peu près égaux, se frayent un passage à travers la peau. Cela paraît durer très longtemps. Une impatience la saisit, et enfin la goutte tiède qui a jailli sous une aisselle coule lentement le long de ses côtes.

— Pas maintenant, Albert…

Une voix d'enfant. Lina, dans la chambre d'à côté, n'a pas vingt-deux ans. C'est une grosse poupée un peu molle, aux cheveux roussâtres, avec des reflets roux un peu partout sur sa chair blanche ; sa voix est molle aussi, toute feutrée de bonheur animal, et Dominique rougit, casse son fil d'un geste brusque qu'ont toutes les couturières ; elle voudrait ne plus entendre ; elle sait, elle ne se trompe pas, un grincement annonce déjà le morceau du phonographe qu'ils jouent chaque fois qu'ils « font ça ».

Et eux n'ont pas fermé les persiennes. Ils se croient à l'abri des regards parce que le lit se trouve au fond de la chambre, là où le soleil n'arrive pas parce que aussi, en ce mois d'août, la plupart des appartements d'en face sont vides ; mais Dominique, elle, n'ignore pas que la vieille Augustine, là-haut, dans une des mansardes, est à les regarder.

À trois heures de l'après-midi ! Ils dorment n'importe quand, ils vivent n'importe comment, et la première chose qu'ils font quand ils rentrent, c'est de se dévêtir ; ils n'ont pas honte d'être nus, ils en sont fiers, et c'est Dominique qui n'ose plus traverser le salon commun, le salon qu'elle ne leur a pas loué, mais qu'ils doivent traverser pour se rendre au petit endroit. Deux fois elle y a rencontré Albert tout nu, une serviette négligemment nouée autour des reins.

Ils jouent toujours le même morceau, un tango qu'ils ont dû entendre dans des circonstances mémorables, et il y a pis, un détail qui rend leur présence plus palpable, au point qu'on croit voir leurs gestes : quand le disque est fini, quand on n'entend plus que le grincement de l'aiguille, il y a comme une hésitation qui dure plus ou moins longtemps, un silence terrible, et c'est presque toujours la voix de Lina qui balbutie :

— Le disque…

Le phono est placé tout contre le lit ; à travers les chuchotements et les rires, on voit les mouvements que fait l'homme pour l'atteindre…

Il l'aime. Il l'aime comme une bête. Il passe sa vie à l'aimer, et il le ferait devant tout le monde ; tout à l'heure, quand ils sortiront, ils éprouveront encore le besoin, dans la rue, de se serrer l'un contre l'autre.

La robe est raccommodée. Elle fait encore plus pauvre ainsi, plus pauvre même d'avoir été si bien raccommodée, à si petits points. La trame du tissu est vide à force de lavages et de repassages. Cela fait combien maintenant ? Le mauve, c'est à cause du demi-deuil. Donc, un an après la mort de son père. Quatre étés qu'elle porte cette robe-là, qu'elle la lave le matin à six heures pour qu'elle soit sèche et repassée au moment de faire son marché.

Elle a levé la tête : la vieille Augustine est bien à son poste, accoudée à la fenêtre de sa mansarde, indignée, plongeant le regard dans la chambre d'à côté, et, maintenant que la voilà debout, Dominique est tentée un instant de faire deux pas, de se pencher, de regarder par la serrure. Cela lui est arrivé.

Trois heures dix. Elle va remettre sa robe. Puis elle ravaudera les bas qui sont dans le panier d'osier brun, un panier qui date de sa grand-mère, qui a toujours contenu des bas à ravauder, de sorte qu'on pourrait croire que ce sont toujours les mêmes, qu'on pourrait ravauder pendant la suite des siècles sans l'épuiser.

Un reflet dans la grande glace rectangulaire de la garde-robe, et soudain Dominique, dont les narines se pincent, laisse glisser une bretelle de sa chemise, puis l'autre, comme sans le faire exprès ; son regard ardent se fixe, dans le miroir, sur l'image si blanche de ses seins.

Si blanche ! Avant, elle n'avait jamais eu l'idée de comparer, elle n'avait jamais eu l'occasion non plus de regarder le corps nu d'une autre femme. À présent, elle a vu Lina qui est dorée, couverte d'un duvet invisible qui accroche la lumière. Mais Lina, à vingt-deux ans, a des formes indécises, des épaules rondes marquées chacune d'une fossette ; elle est d'une seule coulée, sans taille, la ceinture aussi épaisse que les hanches ; ses seins sont volumineux, mais, quand elle est couchée, ils semblent s'écraser sur elle de tout leur poids.

Avec une hésitation, comme si on pouvait la surprendre, Dominique a saisi dans ses mains ses petits seins bien droits, très pointus, qui sont restés les mêmes exactement que quand elle avait seize ans. Sa peau est plus fine que celle des plus fines oranges, avec, dans certains creux, des luisances d'ivoire, ailleurs les furtifs reflets bleus des veines. Dans trois mois, elle aura quarante ans, elle sera vieille ; déjà les gens doivent parler d'elle comme d'une vieille fille, et

14

pourtant elle sait, elle, qu'elle a le corps d'une enfant, qu'elle n'a pas changé, qu'elle est jeune et neuve des pieds à la tête et jusqu'au fond du cœur.

L'espace d'une seconde, elle a étreint ses seins comme une chair étrangère ; elle a détourné son regard du visage qui lui est apparu, mince et blanc, plus mince que jadis, si bien que le nez paraît encore plus long, un peu de travers. Deux ou trois millimètres qui ont peut-être changé tout son caractère, qui l'ont rendue timide, susceptible et morose !

Ils ont remis le disque. Dans quelques instants, on entendra aller et venir, l'homme chantera, il chante presque toujours après, puis il ouvrira bruyamment le cabinet de toilette, sa voix parviendra plus loin. On entend tout. Dominique ne voulait pas louer à un couple. Albert Caille était seul quand il s'est présenté, un jeune homme maigre, aux yeux ardents, avec une telle sincérité sur le visage en même temps qu'une telle faim de vie qu'on ne pouvait rien lui refuser.

Il a triché. Il ne lui a pas avoué qu'il était fiancé, qu'il se marierait bientôt. Quand il le lui a annoncé, il a pris cet air suppliant dont il connaît les effets.

— Vous verrez… Ce sera exactement la même chose… Nous vivrons en garçons, ma femme et moi… Nous prendrons nos repas au restaurant…

Dominique, tout à coup, est gênée de sa nudité et elle remonte les bretelles ; sa tête disparaît un instant dans la robe ; elle tire celle-ci sur ses hanches, s'assure, avant de se rasseoir, que rien ne traîne dans la pièce, que tout est en ordre.

Un klaxon qu'elle reconnaît. Elle n'a pas besoin de se pencher pour voir. Elle sait que c'est la petite auto découverte de Mme Rouet. Elle a vu celle-ci partir après déjeuner, vers deux heures. Elle porte un tailleur blanc avec une écharpe d'organdi vert amande et un chapeau assorti, des souliers et un sac du même vert. Jamais Antoinette Rouet ne sortirait avec une toilette dont un détail choquerait.

Et pourquoi ? Pour qui ? Où est-elle allée, toute seule au volant de sa voiture, qui va maintenant rester pendant des heures au bord du trottoir ?

Trois heures et demie. Elle est en retard. Mme Rouet mère doit être furieuse. Dominique peut la voir. Il lui suffit de lever les yeux. De l'autre côté de la rue, ils n'ont pas le soleil de l'après-midi et ils ne ferment pas les persiennes ; aujourd'hui, à cause de la chaleur, toutes les fenêtres sont ouvertes, on voit tout, on a l'impression d'être avec les gens dans leur chambre, il suffirait de tendre la main pour les toucher.

Ils ne savent pas qu'il y a quelqu'un derrière les persiennes de Dominique. Au même étage que celle-ci, dans la grande chambre, Hubert Rouet dort, ou plus exactement il y a déjà quelques minutes qu'il s'agite, mal à l'aise, dans la moiteur des draps.

On l'a laissé seul, comme chaque après-midi. L'appartement est vaste. Il occupe tout l'étage. La chambre est la dernière à gauche. Elle est riche. Les parents de Rouet sont fort riches. On raconte qu'ils possèdent plus de cent millions, mais ils vivent comme des bourgeois ; il n'y a que la belle-fille,

Antoinette, celle qui rentre en tailleur blanc au volant de son auto, à faire de la dépense.

Dominique sait tout. Jamais elle n'a entendu le son de leur voix, qui ne traverse pas le canal de la rue, mais elle les voit aller et venir du matin au soir, elle suit leurs gestes, le mouvement de leurs lèvres : c'est une longue histoire sans paroles dont elle connaît les moindres épisodes.

Quand Hubert Rouet s'est marié, son père et sa mère vivaient au même étage, le second, et, à cette époque-là, Dominique avait encore son père, il était couché, impotent, dans la chambre voisine, celle qu'elle a louée depuis. Déjà elle ne quittait presque jamais la maison. Son père avait une sonnette à portée de la main, et il s'emportait si sa fille n'accourait pas dès le premier tintement.

— Où étais-tu ? Qu'est-ce que tu faisais ? Je pourrais mourir, dans cette maison, sans que…

Albert Caille s'ébroue dans le cabinet de toilette. Heureusement qu'elle y a placé un vieux morceau de linoléum, car il y a longtemps que le plancher serait pourri. On l'entend qui s'agite, ruisselant d'eau.

La mère Rouet est assise devant sa fenêtre, juste au-dessus de la tête de son fils, car, au mariage de celui-ci, les parents Rouet leur ont cédé l'appartement et ont monté un étage. La maison leur appartient, et aussi une bonne partie de la rue.

Parfois la mère, qui a de mauvaises jambes, écoute. On la voit qui écoute, qui se demande si son fils n'appelle pas. Parfois aussi elle saisit un bouton de sonnerie, qui communique avec la cuisine de l'étage au-dessous. Dominique ne peut voir cette cuisine, qui donne sur le derrière de la maison, mais elle pourrait compter les secondes, elle est sûre de voir bientôt la bonne du jeune ménage entrer chez la vieille. Elle devine :

— Monsieur dort ? Madame n'est pas rentrée ? Allez voir si mon fils n'a besoin de rien...

Il y a un mois, un peu plus d'un mois même, que Hubert Rouet est couché. Cela doit être grave, car le docteur vient le voir chaque matin, quelques minutes après neuf heures, en commençant sa tournée. Son klaxon aussi, Dominique le reconnaît. Elle assiste en quelque sorte aux visites. Elle connaît le médecin, car c'est le docteur Libaud, qui habite boulevard Haussmann et qui a soigné son père. Leurs regards, une fois, se sont rencontrés, et le docteur Libaud a adressé un léger salut à Dominique par-dessus la rue.

Sans cette maladie, les Rouet seraient à Trouville, où ils possèdent une villa. Il n'y a presque personne à Paris. Les taxis sont rares. Beaucoup de magasins sont fermés, y compris la maroquinerie Sutton, tout à côté de la crémerie, où on vend des articles de voyage et où, tout le reste de l'année, il y a des malles en osier des deux côtés du seuil.

Est-ce que la vieille Mme Rouet a entendu l'auto de sa belle-fille ? Elle s'agite. Elle sonnera avant peu.

Et voilà que Dominique aussi devient fébrile. Tout à coup, Rouet s'est retourné sur son lit, la bouche ouverte comme s'il cherchait en vain à respirer.

— Sa crise...

C'est l'heure. Il en a deux au moins par jour, parfois trois ; une fois qu'il en a eu six, on lui a mis des vessies de glace sur la poitrine toute la journée et une bonne partie de la nuit.

Inconsciemment, Dominique esquisse le geste de saisir un objet, le flacon laiteux qui se trouve sur la table de nuit, dans la chambre du malade.

C'est cela qu'il attend. Ses yeux sont ouverts. Il n'a jamais été gras, ni bien portant. Un petit monsieur terne, sans coquetterie, que tout le monde a trouvé mal assorti à sa femme quand ils se sont mariés en grande pompe à Saint-Philippe-du-Roule. Ce qui le rend encore plus banal, c'est une moustache incolore coupée en brosse au ras de la lèvre.

Dominique jurerait qu'il la fixe, mais c'est impossible, à cause des volets presque joints ; elle peut le voir, mais il ne peut la voir ; il regarde dans le vide, il attend, il espère ; ses doigts se crispent dans le vide, on dirait qu'il va se soulever, oui, il se soulève, il essaie plutôt, n'y parvient pas et, tout à coup, porte ses deux mains à la poitrine, reste là, plié en deux, incapable d'un mouvement, le visage bouleversé par la peur de mourir.

Dominique pourrait presque crier quelque chose à Antoinette Rouet, qui doit être dans l'escalier, qui ouvre la porte de l'appartement, se débarrasse de son chapeau, de ses gants verts :

— Dépêchez-vous… La crise…

Et une voix tout près d'elle, ignoble à force d'être familière, prononce :

— Passe-moi mes bas…

Si bien qu'elle ne peut s'empêcher d'imaginer nue, gavée, au bord du lit, une Lina encore imprégnée d'une forte odeur d'homme.

Le ciel est d'ardoise ; une ligne coupe la rue en deux, de biais, mais, que ce soit du côté de l'ombre ou du côté du soleil, c'est une même matière épaisse, visqueuse, qui emplit l'univers au point que les sons s'y enlisent et que le vacarme des autobus n'arrive à l'oreille que comme un lointain bourdonnement.

Une porte claque, celle du cabinet de toilette, où Albert Caille a fini ses ablutions, et on l'entend aller et venir avec allégresse en sifflotant le tango que jouait tout à l'heure le phonographe.

Antoinette est là. Dominique a tressailli parce qu'elle vient de la découvrir par hasard, en regardant non les fenêtres du malade, mais la fenêtre voisine, celle d'une sorte de boudoir où, depuis que son mari est couché, Antoinette Rouet s'est fait dresser un lit.

Elle se tient debout près de la porte qui fait communiquer les deux chambres. Elle a retiré son chapeau, ses gants. Dominique ne s'est pas trompée, mais pourquoi reste-t-elle immobile comme si elle attendait ?

On dirait que la mère, là-haut, est avertie par son instinct. Elle est inquiète, cela se sent. Peut-être va-t-elle faire un effort héroïque pour se lever, mais il y a des mois qu'elle ne marche pas sans aide. Elle est énorme. C'est une tour. Ses jambes sont épaisses et raides comme des colonnes. Il faut deux personnes, les rares fois où il lui arrive de sortir, pour la hisser dans une voiture, et elle semble toujours les menacer de sa canne à bout de caoutchouc. Maintenant qu'il n'y a plus rien à voir pour elle, la vieille Augustine a quitté sa fenêtre. Sûrement qu'elle est dans le long corridor presque obscur de son étage où donnent les portes de toutes les mansardes, à guetter le passage de quelqu'un à qui parler. Elle est capable de faire ainsi le guet pendant une heure entière, les mains croisées sur le ventre, comme une monstrueuse araignée, et jamais son visage blafard sous des cheveux d'un blanc de neige n'abandonne son expression de douceur infinie.

Pourquoi Antoinette Rouet ne bouge-t-elle pas ? De toute la force de son regard braqué sur le vide incandescent, son mari appelle au secours. Deux fois, trois fois sa bouche s'est refermée, ses mâchoires se sont serrées, mais il n'est pas parvenu à happer la gorgée d'air dont il a besoin.

Alors Dominique se fige. Il lui semble que rien au monde ne serait capable de lui arracher un geste, un son. Elle vient d'avoir la certitude du drame, d'un drame tellement inattendu, tellement palpable que c'est comme si elle-même, à cet instant, y participait.

Rouet est condamné à mourir ! Il va mourir ! Ces minutes, ces secondes pendant lesquelles les Caille à côté s'habillent joyeusement pour descendre en ville, pendant lesquelles un autobus change de vitesse pour atteindre le boulevard Haussmann, pendant lesquelles retentit le timbre de la crémerie – elle n'a pu s'habituer à ce nom d'Audebal, elle le prononce avec gêne, comme une incongruité –, ces minutes, ces secondes sont les dernières d'un homme qu'elle a vu vivre sous ses yeux pendant des années.

Il ne lui a jamais été sympathique. Ou plutôt si. C'est très compliqué. Ce n'est pas beau. Elle lui en a d'abord voulu de se laisser dominer par sa femme, par cette Antoinette, qui a soudain bouleversé la maison par sa vitalité, par son exubérance vulgaire.

Antoinette pouvait tout se permettre. Il la suivait comme un mouton (il en a d'ailleurs un peu la tête). Heureusement que la vieille, là-haut, est intervenue !

Elle sonnait.

— Priez Madame de monter…

Et elle parlait, la vieille, elle parlait sur un autre ton que son mouton de fils ; du rose, du rouge coloraient les joues de la bru, qui, de retour chez elle, se soulageait d'un geste rageur.

— On te dresse, ma fille !

Alors le mouton n'a plus été tout à fait mouton aux yeux de Dominique. Oh ! il ne disait rien lui ! Il ne se fâchait jamais. Sortait-elle tout le jour, revenait-elle avec sa voiture pleine de paquets coûteux, arborait-elle des toilettes tapageuses, il ne protestait pas, mais Dominique avait compris qu'il lui suffisait, comme certains enfants qui ne se vengent jamais eux-mêmes, de monter chez sa mère. Et là, il racontait, d'une voix égale, en baissant la tête. Il devait mesurer ses termes. Peut-être feignait-il de la défendre ?

— Priez Madame de monter…

Maintenant, à l'instant même, Antoinette est en train de le tuer ! Dominique vit la scène. Elle y participe. Elle participe. Elle sait. Elle sait tout. Elle est à la fois sur le lit avec le moribond et elle est Antoinette…

… Antoinette qui, toute chaude encore de la vie du dehors, a poussé la porte de l'appartement, qui a senti tomber soudain sur ses épaules le froid de la maison, le silence, les odeurs familières – l'appartement des

Rouet doit sentir le fade, avec des relents de médicaments…

La porte de la cuisine s'est entrouverte :

— Ah ! Madame est rentrée… J'allais justement voir si Monsieur…

Et la domestique a un regard pour le réveille-matin. Cela signifie qu'Antoinette est en retard, qu'il est l'heure de la crise, l'heure du médicament dont il faut compter les gouttes : quinze, Dominique le sait, elle les a comptées maintes fois.

Antoinette s'est débarrassée de son chapeau devant la glace qui lui a renvoyé l'image d'une jeune femme élégante, débordante de vie, et, au même instant, elle a entendu un léger bruit, l'autre, le mari triste recroquevillé dans son lit, les deux mains sur un cœur qui menace de s'arrêter…

La vieille, là-haut, cette implacable tour de belle-mère, a sonné.

— Je monte, Madame ?

Dominique voit surgir la bonne.

— Ma belle-fille est rentrée ?

— Elle vient de rentrer, Madame.

— Mon fils n'a pas eu sa crise ?

— Madame est auprès de lui.

Elle devrait ! Elle y était presque. Quelques mètres à parcourir. Et, peut-être à cause de cette image que lui a renvoyée le miroir et qui la suit comme son ombre, peut-être à cause de la question de la servante, de la sonnette de la belle-mère, voilà qu'elle s'arrête.

Des gouttes de sueur perlent au front de Dominique. Elle voudrait crier, mais elle en est incapable. Le voudrait-elle vraiment ? Elle vit une minute

atroce, et pourtant elle ressent comme une joie mal-
saine, il lui semble confusément que cette chose qui se
passe sous ses yeux la venge. De quoi ? Elle n'en sait
rien. Elle ne réfléchit pas. Elle reste là, tendue, aussi
tendue que l'autre qui a posé une main sur le montant
de la porte et qui attend.

Si la domestique redescendait tout de suite, Antoinette Rouet serait bien obligée d'entrer dans la
chambre, de faire les gestes de tous les jours, de
compter les gouttes, de verser un demi-verre d'eau,
de mélanger, de soutenir la tête de l'homme aux
moustaches incolores.

Mais Mme Rouet mère parle ! Le coussin, derrière
son dos, est trop haut ou trop bas. On l'arrange. La
domestique disparaît dans l'ombre de la pièce. Elle va
descendre. Non, elle apporte à la vieille un journal
illustré.

Rouet n'en finit pas de mourir et même voilà qu'il
se dresse ; Dieu sait où il a puisé cette énergie ! Peut-
être a-t-il entendu un léger bruit de l'autre côté de la
porte, car il regarde vers celle-ci. Sa bouche s'ouvre ;
Dominique jurerait que des larmes envahissent ses
yeux ; il s'arc-boute et reste ainsi, immobile. Il est
mort, il est impossible qu'il ne soit pas mort, et cependant il ne retombe pas tout de suite, mais dans un lent
fléchissement des muscles.

Sa mère, juste au-dessus de lui, n'a rien deviné ; elle
est occupée à montrer à la domestique une page de
son magazine. Qui sait ? Une recette de cuisine peut-
être ?

Les Caille traversent le salon. Ils vont, comme à leur
habitude, refermer la porte bruyamment. Un jour,

ils la feront sortir de ses gonds. Toute la maison en frémit.

De l'autre côté de la rue, une Antoinette absolument calme redresse lentement la tête, secoue un peu ses cheveux bruns, s'avance d'un pas. À ce moment, Dominique aperçoit sous son bras un demi-cercle de sueur, elle sent davantage sa propre sueur, les vêtements leur collent à la peau à toutes deux.

On croirait que la femme n'a pas regardé le lit, qu'elle sait, qu'elle n'a pas besoin de confirmation. Par contre, elle aperçoit la fiole blanche sur la table de nuit, la saisit, regarde autour d'elle avec une subite inquiétude.

La cheminée, en face de lui, est de marbre couleur chocolat. Au milieu, il y a un bronze qui représente une femme couchée, appuyée sur un coude, et, des deux côtés du bronze, deux pots de plantes vertes à feuilles finement découpées, des plantes que Dominique n'a vues nulle part ailleurs.

On marche au-dessus de la tête d'Antoinette. La domestique va redescendre. Le médicament est débouché. Les gouttes sont lentes à tomber. Antoinette secoue le flacon, et le liquide tombe sur la terre verdâtre d'un des pots qui l'absorbe aussitôt.

C'est fini. Dominique voudrait bien s'asseoir, mais elle veut tout voir ; elle est stupéfaite par la simplicité de ce qui s'est passé, par le naturel avec lequel la femme, de l'autre côté de la rue, verse une dernière goutte de médicament dans le verre, une autre goutte d'eau, puis se dirige vers la porte.

On sent, on entend presque qu'elle appelle :

— Cécile !... Cécile !...

Personne. Elle marche. Elle disparaît. Quand elle revient, la servante l'accompagne. Elle a trouvé un mouchoir en chemin et elle le mordille, le passe sur ses yeux.

— Montez prévenir ma belle-mère…

Est-il possible que ses jambes ne tremblent pas comme celles de Dominique ? Pendant que Cécile se précipite dans l'escalier, elle se tient à distance du lit, elle ne regarde pas de ce côté ; son regard erre par la fenêtre, paraît s'accrocher un instant aux persiennes derrière lesquelles Dominique est à l'affût.

Leurs regards se sont-ils rencontrés ? C'est impossible à savoir. C'est une question qui angoissera souvent Dominique. La tête lui tourne. Elle voudrait ne plus rien voir, fermer hermétiquement les volets, mais elle ne peut pas ; elle pense soudain que, quelques minutes plus tôt, elle regardait ses seins nus dans la glace, et elle a honte, elle est prise de remords, il lui semble que cet acte, à ce moment, devient plus particulièrement honteux ; elle pense aussi, Dieu sait pourquoi, qu'Antoinette n'a même pas trente ans. Or, elle, qui en aura bientôt quarante, se sent souvent une petite fille !

Jamais elle n'a pu se persuader qu'elle est une grande personne, comme étaient son père et sa mère quand elle était petite. Et voilà que maintenant une femme beaucoup plus jeune qu'elle se comporte sous ses yeux avec une simplicité désarmante. Tandis qu'arrive la belle-mère, aidée et soutenue par Cécile et une femme de chambre, Antoinette pleure, se mouche, explique, désigne le verre, affirme sans doute que la crise a été la plus forte, que la drogue n'a pas agi.

Le ciel, au-dessus de la maison, reste d'une menaçante couleur d'ardoise surchauffée ; des gens vont et viennent sur le trottoir comme des fourmis dans l'étroit sillon que la colonne a creusé dans la poussière ; des moteurs tournent, des autobus s'essoufflent ; des milliers, des dizaines de milliers de gens s'ébattent dans l'eau bleue des bords de mer ; des milliers de femmes brodent ou tricotent sous des tentes rayées de rouge et de jaune plantées dans le sable chaud.

En face, on téléphone. M. Rouet, le père, n'est pas là. Il n'est jamais là. On dirait qu'il a en horreur sa maison, où on ne le voit qu'au moment des repas. Il sort, il rentre avec la ponctualité d'un homme tenu d'arriver à l'heure à son bureau, et pourtant il y a des années qu'il a revendu son affaire.

Sûrement que le docteur Libaud n'est pas chez lui. Dominique le sait. Il lui est arrivé, pour son père, de téléphoner à la même heure.

Les femmes sont désorientées. On dirait qu'elles ont peur, devant cet homme qui est pourtant bien mort, et Dominique est à peine surprise de voir Cécile franchir le portail, entrer dans la crémerie, en ressortir avec M. Audebal, en tablier blanc, qui la suit dans la maison.

Dominique est à bout. La tête lui tourne. Il y a longtemps qu'elle a pris son maigre déjeuner, et pourtant son estomac est barbouillé, il lui semble qu'elle va rendre, elle hésite un instant à traverser le salon dans la crainte de rencontrer l'un des Caille à moitié nu et se souvient enfin qu'ils sont sortis.

2

Il était environ dix heures, la veille, quand Dominique était allée jeter la lettre à la boîte, très loin dans le quartier de Grenelle. Maintenant, il n'était pas tout à fait cinq heures du matin et elle était debout. Combien de temps avait-elle dormi ? À peine trois heures. Elle n'avait pas sommeil. Elle ne se sentait pas lasse. Il y avait des années qu'elle ne dormait presque pas : cela avait commencé quand elle soignait son père, qui la réveillait toutes les demi-heures.

Parfois, toute seule dans l'unique pièce qu'elle habitât réellement, elle remuait les lèvres, articulait presque des mots :

— Un jour, il faudra que je fasse comprendre à quelqu'un…

Non ! Elle l'écrirait. Pas dans une lettre, car elle n'écrivait plus à personne. Il y avait beaucoup de pensées qu'elle consignerait dans un cahier, et on serait fort étonné quand on trouverait celui-ci après sa mort. Entre autres choses, ceci : les êtres qui ne dorment pas, qui dorment à peine, sont des êtres à part, bien plus à part qu'on ne l'imagine, parce qu'ils vivent au moins deux fois chaque événement.

Deux fois ! En pensant à ce chiffre, elle eut son petit rire, rentré, de solitaire. C'est dix, cinquante, c'est cent fois peut-être qu'elle avait vécu cet événement-ci !

Et pourtant elle était sans fièvre. La vieille Augustine pouvait l'observer de sa mansarde si elle voulait, elle trouverait la Dominique de tous les jours, un mouchoir noué autour des cheveux, un peignoir d'un bleu déteint serré autour de sa taille maigre.

Cela ne tarderait pas. Dans dix minutes au plus, on verrait s'écarter les vitres de la fenêtre d'Augustine, qui n'avait rien à faire dès cinq heures du matin, mais qui ne dormait pas non plus.

Tous les volets étaient clos, la rue était vide ; le macadam, vu d'en haut, apparaissait si poli par le flot qui déferlait pendant le jour qu'il était luisant, avec des reflets violets. Dans l'échappée du carrefour, où s'amorçaient le boulevard Haussmann et l'avenue Friedland, on apercevait une partie de la masse d'un arbre, pas même la moitié de la verdure d'un arbre, et pourtant c'était vraiment majestueux, malgré la hauteur des maisons d'alentour : des branches vivantes, un monde de feuillage d'un vert sombre où, tout d'un coup, quelques secondes avant que le soleil parût dans le ciel, éclatait une vie insoupçonnée, sous forme d'un concert auquel semblaient participer des milliers d'oiseaux.

La fenêtre était large ouverte. Dominique ne l'ouvrait qu'après avoir fait son lit, car elle avait honte d'un lit ouvert, de la crudité des draps froissés, de l'oreiller avachi, même aux yeux du seul être qui eût pu l'entrevoir à cette heure, aux yeux de la vieille Augustine.

Le gaz était allumé dans l'étroite cuisine qui faisait suite à la chambre, et Dominique, machinalement, avec les mêmes gestes que tous les matins, rangeait et prenait les poussières.

C'était un peu, à cette heure-là, comme si son univers eût été prolongé. La rue entière y participait, le pan de ciel bleu clair au-dessus des toits d'en face, l'arbre du carrefour Haussmann ; la chambre en devenait plus vaste comme une pièce qui, à la campagne, donne de plain-pied sur un jardin. Encore une demi-heure et sonneraient les premières cloches de Saint-Philippe-du-Roule. Parfois une auto passait, et, quand elle s'arrêtait à deux cents mètres, Dominique savait que c'était devant le portail de l'hôpital Beaujon [1], un malade ou un moribond qu'on amenait, peut-être la victime d'un accident. Elle entendait aussi les trains, très loin, du côté des Batignolles.

Et son père, au-dessus du lit, son père en grande tenue de général, la regardait. Le portrait était fait de telle sorte que le regard la suivait dans tous les coins de la pièce. C'était une compagnie. Cela ne l'impressionnait ni ne l'attristait. Est-ce qu'elle n'avait pas aimé son père ?

Dès l'âge de quinze ans, elle n'avait vécu qu'avec lui, l'avait suivi dans toutes ses garnisons. Pendant ses années de maladie, dans cet appartement du faubourg Saint-Honoré, elle l'avait soigné jour et nuit, comme

1. L'hôpital Beaujon a été transféré depuis à Clichy.

une infirmière, comme une sœur de charité, et il n'y avait jamais eu d'intimité entre eux.

— Je suis la fille du général Salès…

Elle prononçait involontairement Salès d'une façon spéciale, comme un mot à part, un mot précieux, prestigieux. Les gens ne le connaissaient pas toujours, mais le titre de général suffisait, surtout vis-à-vis des fournisseurs.

Les hommes se doutent-ils que le commencement du jour est aussi mystérieux que le crépuscule, qu'il contient en suspens la même part d'éternité ? On ne rit pas aux éclats, d'un rire vulgaire, dans la fraîcheur toute neuve de l'aurore, pas plus qu'au moment où vous frôle la première haleine de la nuit. On est plus grave, avec cette imperceptible angoisse de l'être devant l'univers, parce que la rue n'est pas encore la rue banale et rassurante, mais un morceau du grand tout où se meut l'astre qui met des aigrettes aux angles vifs des toits.

Ils dorment, à côté. Quand elle s'approche de la porte brune où la clef est de son côté, elle peut percevoir leurs souffles confondus ; ils se gavent de sommeil, comme ils se sont gavés de vie toute la journée ; les bruits de la rue ne les réveilleront pas, en dépit de leur fenêtre grande ouverte ; le vacarme des autobus et des taxis s'intégrera naturellement dans leurs rêves, accentuera leur plaisir en leur donnant conscience de leur béatitude, et tard, très tard, à dix heures peut-être, de légers bruits, le mouvement d'un bras, le grincement d'un ressort, un soupir, préluderont à l'explosion quotidienne de leur vitalité.

C'est drôle qu'elle en soit arrivée à avoir besoin d'eux ! Et davantage encore depuis la chose, davantage depuis la lettre.

Il était six heures quand elle est partie à la recherche d'un bureau de poste lointain, l'heure des terrasses pleines, des chapeaux de paille, des verres de bière sur les guéridons – il y avait même des hommes en bras de chemise, le col déboutonné, comme à la campagne.

Elle est allée à pied parce qu'il lui fallait entretenir sa fièvre par le mouvement ; elle marchait vite, d'une démarche un peu saccadée, et, plusieurs fois, il lui est arrivé de se heurter à des passants.

Elle se demande à présent comment elle a pu aller jusqu'au bout. Peut-être est-ce en grande partie à cause du mort ?

Voilà trois jours que les volets d'en face ne se sont pas ouverts, trois jours qu'elle vit en tête à tête avec cette sorte de visage masqué.

Elle sait, car elle est allée voir. Elle n'a pas pu y tenir. D'ailleurs, tout le monde avait le droit d'entrer et de sortir. Elle a attendu la dernière minute, la veille à quatre heures exactement, après le départ des hommes de chez Borniol, qui sont venus clouer le cercueil.

Elle avait revêtu son tailleur noir. La concierge, indifférente, lui a jeté un coup d'œil du fond de la loge, et elle a dû la reconnaître pour quelqu'un du quartier. Au second, la porte était contre, il y avait un plateau dans l'entrée éclairée à l'électricité, un monsieur en noir qu'elle ne connaissait pas qui classait les cartes de visite ramassées sur le plateau d'argent.

Est-ce qu'en vieillissant elle va devenir comme sa tante Élise ?

Elle a eu du plaisir à respirer l'odeur, un plaisir presque sensuel, et pourtant c'était une odeur de mort, celle des cierges, des fleurs trop nombreuses dans des pièces closes, avec comme un relent fade de larmes.

Elle n'a pas vu Antoinette. On chuchotait, derrière la porte de gauche, celle du grand salon. La porte de la chambre était ouverte, et cette chambre, méconnaissable, était transformée en chapelle ardente ; cinq ou six personnes se faufilaient en silence autour du cercueil, serraient la main de Mme Rouet mère assise près d'un palmier en caisse.

Ces messieurs en cheviotte noire et en linge trop blanc étaient sans doute des parents venus de province, sûrement des parents du côté des Rouet, comme cette jeune fille à peine sortie de pension qui s'occupait de la vieille dame.

Dominique s'est peut-être trompée. Non. Elle est sûre de ne pas s'être trompée, Mme Rouet mère avait dans son attitude, dans toute sa masse, quelque chose de dur, de menaçant. Ce n'était plus la même personne. Il était impossible de se moquer d'elle et de ses grosses jambes, de sa canne à bout de caoutchouc et de son air de tout régenter.

Elle ne s'était pas tassée sous l'action du chagrin. Au contraire. Elle était devenue encore plus grande, plus sculpturale, et sa douleur intérieure lui apportait une force de plus en accroissant sa haine.

Peut-être sa haine pour le monde entier, pour tout ce qui n'était pas son fils, y compris ces neveux, qui étaient là comme des garçons d'honneur dans une noce et qui avaient à ses yeux le tort de vivre. En tout cas, sa haine pour celle qu'on ne voyait pas, qui était quelque part derrière une porte et qui n'avait plus rien de commun avec la famille.

Dominique avait reçu le choc de ce regard de mère, et elle s'était troublée, comme si cette femme eût été capable de la deviner. Car Mme Rouet regardait tout le monde, froidement, durement, semblait dire :

« D'où vient encore celle-ci ? Et celui-là, que veut-il ? »

Cependant, massive, elle restait incrustée dans son fauteuil, sans égrener le chapelet qu'on lui avait mis à la main, sans remuer les lèvres.

C'est presque honteusement que Dominique avait quitté la chapelle ardente et, dans le vestibule, elle s'était heurtée à la première d'une grande maison de couture qui emportait un carton. On chuchotait derrière la porte ; c'était un essayage.

Dominique n'avait pas pu apercevoir Antoinette. Elle ne savait rien d'elle, sinon qu'elle avait passé les deux nuits dans l'appartement de ses beaux-parents ; elle avait entrevu le bas de sa robe au moment où elle fermait une fenêtre.

Par contre, sur la cheminée tendue de noir comme le reste de la pièce, elle avait entrevu les deux plantes vertes aux longues feuilles minces.

Sans cette vision qui avait duré un quart de seconde, qui sait si elle aurait écrit ? Chez elle, à peine déshabillée, elle avait cherché partout un traité de botanique ancien, orné de gravures sur cuivre, qu'elle avait vu jadis dans la bibliothèque du général.

Les Caille étaient absents. Elle les avait aperçus une fois, qui dînaient dans un bouillon tout au bout de la rue, non loin de la Madeleine, aussi joyeux au milieu de la foule que dans la solitude de leur chambre.

Kentia Belmoreana... Cocos Weddelliana...

Le livre sentait le vieux papier, les pages étaient jaunies, les caractères minuscules, et elle trouva enfin l'image qu'elle cherchait ; elle eut la certitude que les deux plantes étaient des *Phoenix Robelini*.

Alors elle prit une feuille de papier dans le tiroir et elle écrivit ces deux mots, une fois, cinq fois, dix fois, puis elle saisit une autre feuille, les écrivit à nouveau en caractères romains.

Le Phoenix Robelini de droite.

Rien d'autre. N'était-ce pas assez terrible ? Si terrible qu'elle sentait à nouveau la sueur lui gicler sous les bras et se perdre dans la toile de sa chemise.

Les caractères romains lui firent honte quand elle eut tracé l'adresse sur une enveloppe, C'était laid, presque ignoble. Cela sentait la lettre anonyme, et elle avait lu quelque part que toutes les écritures renversées se ressemblent.

Madame Antoinette Rouet
187 bis, rue du Faubourg-Saint-Honoré
Paris (VIIIe)

Maintenant, seule dans sa chambre, elle ne comprenait plus comment elle avait pu faire cela. Elle avait eu le temps de la réflexion. Elle avait couru au loin, franchi la Seine, traversé tout le quartier de l'École Militaire. Il y avait dans les rues comme un air de vacances. Beaucoup de taxis transportaient vers la gare Montparnasse des jouets de plage, des attirails de pêcheur ; elle vit passer un canoë sur le toit d'une voiture. Ceux qui restaient à Paris devaient penser :

« Puisque tout le monde s'en va, il est bien permis de se mettre à son aise… »

Dans la lumière orangée, c'était un étrange mélange de calme et d'effervescence, comme une trêve aux soucis sérieux, aux préoccupations quotidiennes, et Dominique marchait toujours, longeait des trottoirs inconnus, découvrait des rues provinciales, où des familles étaient assises sur le pas des portes et où les enfants demi-nus jouaient à même la chaussée ; elle s'arrêtait enfin, d'un arrêt net, définitif, devant un bureau de poste, et elle se débarrassait de sa lettre, restait là un moment encore, tremblante de ce qu'elle avait fait, mais comme soulagée.

C'était à croire que, ce soir-là, les Caille l'avaient fait exprès. Pendant sept ans, depuis la mort de son père, elle avait vécu seule dans cet appartement et jamais elle n'avait eu peur, jamais elle n'avait conçu qu'on pût avoir peur de la solitude ; elle avait repoussé l'offre d'une cousine veuve qui vivait à Hyères – c'était la veuve d'un officier de marine – et qui lui avait proposé de venir habiter avec elle.

Quand elle avait envoyé au journal l'annonce pour la chambre… Quelle honte de lire, imprimé :

Chambre meublée à louer pour personne seule dans bel appartement du faubourg Saint-Honoré. Petit prix.

Il lui semblait que désormais sa déchéance était publique, définitive. Pourtant, il le fallait. Il n'y avait plus que cette solution-là, le général Salès n'avait pas de fortune. Le seul bien de la famille était une part – un tiers – dans cette maison où le général s'était installé quand il avait pris sa retraite.

Est-ce que Dominique lui en voulait ? À peine. Elle pouvait regarder son portrait sans colère comme sans pitié. Pendant une longue partie de sa vie, il n'avait été pour elle qu'un homme velu, toujours botté, faisant sonner ses éperons, buvant sec et, quand il pénétrait dans la maison, s'annonçant par des éclats de voix.

En civil, il n'avait plus été qu'un vieillard grognon, sournois, qui semblait reprocher aux passants de ne pas savoir qu'ils côtoyaient un général.

Il s'était mis à jouer à la Bourse, puis, après avoir perdu tout ce qu'il possédait, il s'était couché, égoïstement ; il avait décidé d'être malade, laissant à Dominique le soin de s'occuper du reste.

Leur part dans la maison était vendue. Si Dominique occupait encore son appartement, c'est qu'un cousin, maintenant seul propriétaire de l'immeuble, lui en laissait la jouissance. Elle lui avait écrit, de son écriture pointue qui donnait aux mots un aspect cruel :

… Je sais tout ce que je vous dois déjà, mais, dans la situation où je me trouve, je suis forcée de vous demander l'autorisation de prendre un locataire qui…

C'était Caille qui était venu, parce qu'il n'était pas riche et que, pour le prix qu'elle réclamait, il n'aurait eu dans un hôtel meublé qu'une chambre exiguë et sans confort.

— Vous serez obligé de passer par le salon, mais vous ne m'y rencontrerez pas souvent. J'interdis formellement que vous receviez. Vous comprenez ce que je veux dire. Je ne veux pas non plus qu'on fasse de cuisine dans la chambre...

Elle lui avait laissé entendre qu'une bonne s'occuperait du ménage, mais dès le second jour il l'avait surprise à ce travail.

— Je n'ai encore trouvé personne ; j'espère que d'ici quelques jours...

Cela lui était parfaitement égal, à lui ! Elle n'avait rien osé lui dire, quand, derrière le volet de la cheminée, elle avait trouvé une boîte à camembert et une croûte de pain. Il était pauvre. Il lui arrivait de manger dans sa chambre, où elle chercha en vain un réchaud. Il ne cuisinait donc pas. Il partait de bonne heure en ce temps-là. Il rentrait tard. Il possédait deux chemises, une seule paire de souliers. Elle avait lu les lettres qu'il recevait de sa fiancée et qu'il ne se donnait pas la peine de cacher.

Toute une époque, pour elle, qu'elle n'aurait pu définir, mais qui lui laissait du regret, de la nostalgie.

— Jamais je ne supporterai une femme dans l'appartement... Un homme, passe encore... Mais une femme...

Elle avait accepté Lina, par crainte de devoir mettre à nouveau l'annonce, de voir un étranger chez elle.

— À une condition... Votre femme fera la chambre elle-même...

C'était elle, aujourd'hui, qui le regrettait. Elle n'avait plus de prétextes pour entrer dans la pièce à toute heure. Elle le faisait encore, mais furtivement, après avoir tiré le verrou de la porte du palier. Il n'avait toujours que deux chemises et dans la garde-robe pendait le smoking qu'il avait acheté d'occasion pour son mariage. Lina laissait à la traîne, en pleine lumière, les objets les plus intimes.

Le soir, elle avait pris l'habitude de ne pas se coucher avant que le couple fût rentré. Que pouvaient-ils faire si tard ? Bien après le théâtre et le cinéma, ils devaient errer dans les rues ou dans les petits bars encore ouverts, car ils n'avaient pas d'amis. Elle reconnaissait de très loin leur pas dans la rue. Chez eux, ils continuaient à parler à voix haute. Ils ne se pressaient pas. Ne se levaient-ils pas quand cela leur plaisait ?

Leur voix, derrière la porte, devenait à Dominique une compagnie nécessaire, si bien que, quand ils s'attardaient dehors plus que de coutume, elle n'était pas à son aise, et souvent il lui arrivait d'aller s'accouder à la fenêtre pour les guetter.

« Ils seraient capables de ne pas refermer la porte... »

C'était une excuse. Elle ne voulait pas s'occuper d'eux. N'empêche que, la veille, elle était restée jusqu'à deux heures du matin à la fenêtre, à voir les lumières s'éteindre les unes après les autres, à compter les passants, et toujours elle avait sous les yeux ces volets clos de chez Rouet, ce vaste appartement qu'elle savait vide autour d'un cercueil dans lequel l'homme à la moustache incolore était définitivement enfermé.

Elle en était arrivée à compter les heures qui la séparaient du moment où on l'emporterait enfin, où les persiennes s'ouvriraient, où les pièces recommenceraient à vivre.

Les Caille étaient rentrés. Ils parlaient ? Ils pouvaient parler ainsi du matin au soir ! Que trouvaient-ils encore à se dire ? Elle qui ne parlait jamais, à personne, qui tout au plus se surprenait parfois à un silencieux mouvement des lèvres !

La lettre arriverait ce matin, à huit heures et quart, portée par le petit facteur qui marchait de travers, comme entraîné par le poids de sa boîte. La concierge la placerait dans le casier des Rouet, avec les centaines de lettres de condoléances, car ils avaient envoyé un nombre considérable de faire-part.

Dominique en avait un. Elle l'avait volé. Les Rouet, qui ignoraient son existence, ne lui en avaient pas adressé. La veille, en passant devant la loge, Dominique était entrée pour s'assurer qu'il n'y avait pas de courrier pour elle. Elle ne recevait guère plus de deux lettres par mois, mais déjà elle avait son idée, elle avait vu tout de suite, dans le casier de Mme Ricolleau – la femme de l'ancien ministre – qui habitait au premier, une grande enveloppe bordée de noir.

Elle l'avait prise. Le faire-part était là, sur le tapis usé de la table.

Madame Hubert Rouet, née Antoinette Lepron,
Monsieur et Madame Germain Rouet-Babarit,
Monsieur et Madame Babarit-Basteau…

Il y en avait une longue colonne :

… ont la douleur de vous faire part de la mort de leur mari, fils, petit-fils, oncle, cousin, neveu, petit-cousin, survenue ce jour à la suite d'une longue maladie…

Les lèvres de Dominique s'étaient étirées comme sous l'effet d'un tic.

Et voilà que la rue commençait à s'animer, d'autres bruits se mêlaient au chant des oiseaux de l'arbre ; on n'entendait plus la fontaine qui coulait jour et nuit dans la cour du vieil hôtel voisin ; une camionnette s'arrêtait enfin au bord du trottoir, juste en face, et des ouvriers se mettaient au travail après avoir éveillé la concierge qui était de mauvaise humeur : c'étaient des tapissiers qui venaient tendre devant la porte des tentures surmontées d'un « R » argenté.

La vieille Augustine, qui ne pouvait rien voir de sa fenêtre, à cause de la corniche, parut bientôt sur le trottoir et se trouva ainsi dehors beaucoup trop tôt pour son marché, car on livrait seulement le lait chez Audebal, et la charcuterie Sionneau n'était pas encore ouverte.

Il en fut de cette journée-là comme des événements dont les enfants se réjouissent trop longtemps d'avance, au point d'en perdre le sommeil la dernière nuit, et qui semblent ne jamais devoir se produire.

Jusqu'à la dernière minute, le temps s'écoula avec une lenteur exaspérante, et il sembla à Dominique

que les choses ne se passaient pas comme elles auraient dû se passer.

Par exemple, leurs tentures installées, les tapissiers allèrent boire un verre chez le marchand de vins, trois maisons plus bas, sortirent en s'essuyant la bouche et s'éloignèrent, laissant les choses en plan.

Quant aux gens de la maison, ils partirent pour leur travail à l'heure habituelle, comme si de rien n'était. Ils passèrent entre les tentures, et quelques-uns seulement se retournèrent pour juger de l'effet produit. Les poubelles prirent leur place au bord du trottoir ; les volets, à l'étage des parents Rouet, ne s'ouvrirent qu'à huit heures. Mais, comme ces fenêtres étaient plus hautes que celles de Dominique, celle-ci ne voyait les occupants qu'au moment où ils se trouvaient très près des vitres.

À neuf heures, deux taxis s'arrêtèrent à quelques minutes d'intervalle : des parents, de ceux que Dominique avait aperçus, la veille, dans la chapelle ardente. De quart d'heure en quart d'heure, des gamines ou des petits jeunes gens que cela n'impressionnait pas du tout livraient des fleurs. Beaucoup de fleurs, bien que la plupart des amis de la famille fussent en vacances ; ils avaient dû télégraphier au fleuriste.

L'étalage de chez Audebal avait pris sa place habituelle ; la pharmacie Bégaud était ouverte, encadrée de noir et d'argent, elle aussi, comme un local mortuaire.

Dominique, déjà prête, ses gants de fil noir posés sur la table, était la seule en avance, tandis que les Caille, qui avaient bougé un moment sur leur lit, s'étaient rendormis sans même savoir qu'il y avait un enterrement en face.

« Il y aura beaucoup de monde… »

Quelques voisins venaient furtivement déposer leur carte, ceux qui n'avaient pas le temps d'assister aux obsèques ou qui jugeaient leur présence superflue.

À dix heures moins le quart, Dominique vit descendre de taxi la première de la maison de couture. Elle apportait la robe !

La levée du corps avait lieu à dix heures et demie ! Antoinette, là-haut, devait attendre en combinaison…

Soudain, la rue se peupla, sans qu'on pût savoir comment : il y eut des groupes en stationnement sur les trottoirs, dix, quinze taxis arrivèrent à la queue leu leu, au point qu'on devait attendre le départ du précédent pour descendre de voiture à son tour.

Un corbillard automobile surgit enfin : toutes les silhouettes noires furent prises d'une certaine agitation et quand Dominique, qui jugeait que le moment était venu de descendre, arriva devant la maison, le cercueil apparaissait au fond du couloir ; on devinait des voiles dans le clair-obscur, des hommes nu-tête, que plaçait le maître des cérémonies.

Nul ne soupçonna la présence d'une mince silhouette de femme qui se faufilait, anxieuse, et qui eût tout donné pour rencontrer le regard de la veuve. Dominique se heurtait aux uns et aux autres, balbutiait « pardon », se hissait sur la pointe des pieds, mais elle ne vit rien que des vêtements noirs, un voile, une femme assez vulgaire, en grand deuil, qui soutenait sa fille, car la mère d'Antoinette était venue.

Par contre, Mme Rouet mère ne parut pas.

Son mari marchait derrière sa bru du même pas qu'il partait chaque matin, Dieu sait où, et, seul de la famille, il regardait les gens les uns après les autres, comme s'il en faisait le compte.

Ce qui avait été si long à préparer se passa trop vite. Dominique se trouva encadrée par d'autres femmes, fit partie d'un rang, gravit sans rien voir les marches de Saint-Philippe-du-Roule et alla prendre place dans la travée de gauche, fort loin d'Antoinette, qu'elle ne voyait que de dos.

Peut-être celle-ci n'avait-elle pas encore ouvert la lettre, perdue parmi tant de lettres de condoléances ? Inconsciemment, Dominique aspirait avec une sorte de volupté la rumeur des orgues, l'odeur de l'encens qui lui rappelait son enfance et les premières messes du matin pendant ses années de mysticisme.

Jeune fille, enfant, ne se levait-elle pas déjà avant les autres pour assister à la messe et ne connaissait-elle pas cette odeur des rues au petit jour ?

Si Antoinette se retournait… Tout à l'heure, quand le cortège regagnera le parvis, elle passera tout près de Dominique, elle la frôlera presque, et peut-être celle-ci découvrira-t-elle ses yeux à travers le voile ?

Il y a dans cette curiosité quelque chose d'enfantin, d'un peu honteux : ainsi, jadis, quand on avait parlé devant elle d'une jeune fille qui avait eu des rapports avec un homme, Dominique avait-elle cherché ensuite son regard, comme si elle allait y découvrir des stigmates extraordinaires.

Un jour, alors qu'ils étaient en garnison à Poitiers, l'ordonnance de son père avait été convaincu de vol.

Et Dominique l'avait guetté de la même façon. Plus petite, elle avait tourné longtemps autour d'un lieutenant qui était monté en avion.

Tout ce qui était vie l'impressionnait. Lina aussi, sa locataire, et souvent elle passait des heures à lutter contre elle-même, à cause de cette porte qui les séparait, de cette serrure par laquelle elle pouvait regarder.

« Demain, je le ferai... »

Elle se défendait. Elle était écœurée. Elle avait d'avance la nausée de ce qu'elle verrait. Après, elle en était vraiment malade, comme si on eût violé l'intimité de sa propre chair, mais la tentation était irrésistible.

Antoinette Rouet, elle, avait eu assez faim de vie pour rester immobile dans l'embrasure d'une porte pendant que son mari mourait. Elle avait laissé couler les secondes une à une, sans bouger, sans un geste, la main sur le chambranle, consciente que chacune de ces secondes était pour l'homme dans le lit de qui elle avait dormi une seconde d'agonie.

Après, elle ne l'avait pas seulement regardé. Elle avait pensé au médicament. Son regard avait erré dans la pièce, s'était posé sur une des plantes vertes :

« *Phoenix Robelini* »

Et cette plante était restée là, dans la chambre mortuaire, elle y était encore, parmi les tentures que les tapissiers devaient être occupés à retirer. Elle la reverrait en rentrant. Oserait-elle la faire disparaître ?

Continuerait-elle à vivre dans la maison des Rouet ? Ceux-ci garderaient-ils avec eux, près d'eux, une bru qui ne leur était rien et que Mme Rouet mère détestait ?

À cette pensée, Dominique fut prise de panique. Sa main se crispa sur son prie-Dieu. Elle eut peur qu'on lui volât Antoinette, elle n'eut plus qu'une hâte, retourner faubourg Saint-Honoré, s'assurer que les persiennes étaient normalement ouvertes, que la vie continuerait dans l'appartement.

N'était-ce pas de mauvais augure de voir Antoinette près de sa mère, comme si déjà elle changeait à nouveau de famille ? Pourquoi ne se tenait-elle pas, la veille, dans la chapelle ardente ?

« Parce que Mme Rouet mère n'a pas voulu ! »

Dominique en était sûre. Elle ignorait ce qui s'était passé, ce qui se passerait, mais elle avait vu la vieille dame aussi massive et dure qu'une cariatide, et elle sentait qu'un nouveau sentiment avait pénétré en elle…

Des parents, dans les derniers rangs de la famille, des parents éloignés, se retournaient pour inspecter l'assistance, et la liturgie déroulait ses fastes monotones. Dominique suivait machinalement les allées et venues des officiants ; ses lèvres, parfois, accompagnaient leurs oraisons d'un murmure.

Elle défila à l'offrande. Le père Rouet, tout droit, regardait les fidèles passer un à un, mais Antoinette s'était agenouillée et gardait le visage entre ses mains.

Elle se comportait comme n'importe quelle veuve, un mouchoir bordé de noir roulé en boule à la main, et, quand elle passa enfin près de Dominique, celle-ci, qui ne vit que des yeux un peu plus brillants qu'à l'ordinaire, une peau plus mate, peut-être à cause de l'éclairage et du voile, fut déçue. Puis, tout de suite après, quelque chose la frappa, elle se demanda un instant quoi, ses narines frémirent, elle retrouva dans l'air alourdi par l'encens le léger parfum qu'Antoinette Rouet traînait dans son sillage.

S'était-elle vraiment parfumée ?

Quand elle atteignit le parvis, au milieu du crissement monotone des semelles sur les dalles, quand elle retrouva un triangle éblouissant de soleil, les premières voitures s'éloignaient pour faire place aux suivantes, et elle se glissa dans la foule, sortit en quelque sorte de l'enterrement, hâta le pas à mesure qu'elle approchait de chez elle, sur le trottoir ombragé du faubourg Saint-Honoré.

Les volets des Rouet étaient ouverts. Les Caille venaient seulement de se lever, et l'eau ruisselait dans le tub du cabinet de toilette ; le phonographe fonctionnait, une légère odeur de gaz et de café au lait persistait. Dominique, en ouvrant la fenêtre, accueillit avec soulagement le spectacle des chambres d'en face, d'où Cécile et une autre servante expulsaient à coups de torchon et de balai des colonnes de poussière lumineuse.

3

Ce fut la violence qui jaillit là où Dominique, impatiente, puis exaspérée, espérait voir de la peur ou peut-être un remords. Et cette violence fusait si librement, telle une force naturelle, que, pour un bon moment, Dominique cessa de comprendre.

C'était le cinquième jour après l'enterrement et il ne s'était encore rien passé. Le temps était le même, le soleil aussi ardent, avec cette différence que désormais, vers trois heures, chaque après-midi, le ciel se plombait, l'air devenait encore plus lourd, des effluves malsains oppressaient jusqu'au chien des Audebal couché en travers du trottoir ; on regardait machinalement en l'air avec espoir, l'espoir de voir crever enfin ce ciel pesant, mais, si parfois on croyait entendre au loin des roulements indistincts, l'orage n'éclatait pas, ou allait éclater loin de Paris.

Les nerfs tendus, Dominique, pendant ces cinq jours, ne fit qu'attendre et à la fin elle ne savait plus ce qui la soulagerait le plus, le déchaînement des éléments ou l'événement qu'elle guettait des heures durant, qu'elle était incapable de prévoir, qui ne pouvait pas ne pas se produire.

Il était inconcevable qu'en face Antoinette vécût ainsi comme en suspens, comme dans un hôtel de passage, comme dans une gare. Pour se raisonner, Dominique se répétait :

« Elle n'a pas lu le billet. Ou bien elle ne l'a pas compris. Elle ne connaît peut-être pas le nom de la plante verte… »

Elle dormait à nouveau dans le grand lit conjugal, celui qui avait été le lit de malade de son mari, celui dans lequel il était mort. Elle sortait peu. Quand elle sortait, elle portait ses vêtements de deuil, mais, chez elle, elle n'avait pas renoncé aux tenues d'intérieur somptueuses, qu'elle affectionnait, aux lourdes soies richement garnies.

Elle se levait tard, prenait son petit déjeuner au lit, paresseusement. Elle échangeait quelques mots avec Cécile, et on sentait que cela n'allait pas entre les deux femmes. Cécile se montrait raide, sur la réserve. Antoinette la supportait avec une visible impatience.

Elle traînait dans l'appartement, rangeait des tiroirs, entassait des vêtements du mort, appelait la servante pour lui ordonner de les porter dans quelque lointain placard.

Elle lisait. Elle lisait beaucoup, ce qu'elle ne faisait jamais autrefois, et il était rare de la voir sans une cigarette au bout d'un long fume-cigarette d'ivoire. Que de temps elle pouvait passer, au bord d'un divan, à se polir les ongles, ou encore, devant un petit miroir, à s'épiler gravement les sourcils !

Pas un regard aux fenêtres d'en face. Elle ignorait Dominique, elle ignorait la rue, elle allait et venait, comme sans y attacher d'importance, dans cet univers provisoire.

C'est seulement le cinquième jour, vers neuf heures du matin, que se passa l'histoire des valises, que se passèrent plutôt les deux histoires de valise, car, par une curieuse coïncidence, une valise joua un rôle aussi dans l'appartement de Dominique.

Celle-ci, un peu plus tôt, était descendue pour faire son marché. Un léger incident s'était produit. Chez Audebal, trois ou quatre femmes formaient un groupe près du comptoir de marbre blanc. La crémière l'avait servie la première, non par une faveur, mais parce que certaines clientes avaient l'habitude de rester un moment à bavarder, tandis qu'on expédiait les pratiques sans importance.

— Qu'est-ce que c'est, ma petite dame ?

— Un demi-quart de roquefort.

La voix de Dominique était mate, coupante. Elle ne voulait pas mettre de honte à avouer sa pauvreté, et elle faisait exprès de regarder les commères droit dans les yeux.

Mme Audebal pesait. Les femmes se taisaient.

— Il y en a un peu plus… Un franc cinquante…

C'était trop. Elle ne pouvait s'acheter que pour un franc de fromage. Ses dépenses étaient minutieusement calculées et elle eut le courage de prononcer :

— Veuillez m'en peser juste un demi-quart.

Personne ne dit mot. Personne ne rit. Il y eut néanmoins dans la boutique si claire un frémissement joyeux et féroce autour de ce minuscule morceau de roquefort que la crémière s'appliquait à amputer d'une parcelle.

Quand elle passa sous la voûte de l'immeuble qu'elle habitait, Dominique fut surprise d'apercevoir Albert Caille qui était descendu en pyjama pour s'assurer qu'il n'y avait pas de courrier pour lui. Il paraissait étonné, déconfit, il insistait, furetait dans les casiers de tous les locataires.

Elle remonta, éplucha quelques légumes et, un peu plus tard, elle entendit un long chuchotement dans la chambre des Caille. Lina se leva, vaqua beaucoup plus vite que d'habitude à sa toilette. Le couple fut prêt en moins de dix minutes, et c'est alors qu'une première valise intervint. Dominique reconnut deux déclics métalliques, celui des fermetures d'une mallette de voyage.

Elle eut peur à la pensée que ses locataires allaient la quitter, et elle se tint près de la porte du salon, entrouvrit celle-ci, ne tarda pas à les voir sortir. Albert Caille avait sa valise à la main.

Elle n'osa pas les retenir, les interpeller. Elle se contenta de tirer le verrou derrière eux, entra dans leur chambre en désordre, puis, dans le cabinet de toilette, aperçut les brosses à dents, le rasoir sale, du linge qui pendait, le smoking dans le placard, puis, parce que la vieille Augustine, là-haut, était à sa fenêtre, elle se sentit gênée et rentra chez elle.

Pourquoi avaient-ils emporté la valise ? La veille, ils n'étaient pas sortis pour dîner comme d'habitude, et cependant elle ne les avait pas vus rentrer chargés de petits paquets, comme quand on veut manger un morceau chez soi.

Mme Rouet mère était à son poste, à sa tour, comme disait Dominique, c'est-à-dire assise près de la fenêtre située juste au-dessus de la chambre où son fils était mort. C'était une haute fenêtre qui partait du plancher, comme toutes les fenêtres de l'immeuble, de sorte qu'on la voyait en pied, de bas en haut, toujours dans le même fauteuil, sa canne à portée de la main ; de temps en temps elle sonnait, appelait une des servantes, donnait des ordres à une personne invisible, ou bien, tournée vers l'intérieur obscur de la pièce, surveillait quelque travail qu'elle venait de commander.

Il se passa plusieurs minutes sans que Dominique vît Antoinette, qui devait se trouver dans la salle de bains, puis soudain elle l'aperçut, en peignoir vert pâle, les cheveux un peu défaits, qui aidait Cécile à traîner jusqu'au milieu de la chambre une assez lourde malle.

Alors son cœur battit.

« Elle va partir… »

Voilà pourquoi Antoinette était restée si calme ! Elle attendait que les formalités fussent terminées. La veille, un monsieur sombre, qui devait être le notaire de la famille, était venu. M. Rouet n'était pas sorti comme d'habitude. Antoinette était montée chez ses beaux-parents, sans doute pour une sorte de conseil de famille, pour un règlement de la situation.

Maintenant, elle s'en allait, et l'impatience de Dominique devenait de l'exaspération, tournait à la rage. Mille pensées l'assaillaient, et cependant elle eût été incapable de dire pourquoi elle se refusait à admettre le départ d'Antoinette Rouet, pourquoi elle était décidée à s'y opposer par tous les moyens.

Elle pensa même à aller la trouver ! Mais non. Elle n'avait qu'à lui écrire.

« Je vous interdis de quitter la maison. Si vous le faites, je dis tout. »

Du linge, des vêtements s'empilaient dans la malle, et on allait chercher dans une autre pièce des valises et des cartons à chapeaux.

Antoinette était sans fièvre, Cécile plus raide, plus désapprobatrice que jamais, et, à certain moment, comme sa patronne rangeait des bijoux dans un coffret, la servante disparut.

Dominique devina, se réjouit d'avoir deviné. Elle n'eut qu'à lever la tête. Le temps de monter un étage, de frapper. Mme Rouet mère tournait la tête, prononçait : « Entrez ! »

Elle écoutait, fronçait les sourcils, se soulevait dans un fauteuil en prenant appui sur sa canne.

Dominique triomphait. Elle savait, désormais ! Et elle regardait Antoinette avec un sourire qui ressemblait à un ricanement.

« Ah ! tu penses que tu vas t'en aller ainsi !... »

Elle s'y attendait, et pourtant l'apparition fut si impressionnante qu'elle en reçut un choc. Elle vit Antoinette tourner vivement la tête. Elle vit en même temps, dans l'encadrement de la porte, Mme Rouet mère, qui était descendue et qui restait immobile, massive, appuyée sur sa canne. La vieille dame ne disait rien. Elle regardait. Son regard allait d'une malle à une valise, au lit défait, à la robe de chambre verte de sa bru, au coffret à bijoux.

Ce fut Antoinette qui se troubla et qui, se levant comme une écolière prise en faute, se mit à parler avec volubilité. Mais, dès les premières phrases, un mot tranchant la fit taire.

Qu'avait-elle voulu expliquer ? Qu'elle n'avait aucune raison de rester à Paris en plein mois d'août, par de pareilles chaleurs ? Que de tout temps la famille avait passé l'été à la campagne ou à la mer ? Que son deuil serait aussi bien un deuil ailleurs que dans un appartement morne et surchauffé ?

Mais ce qu'elle avait devant elle, ce contre quoi se heurtait sa faim d'espace et de mouvement, c'étaient une force froide, immuable, des siècles de tradition, une vérité contre laquelle les vérités de la vie n'avaient aucune prise.

À certain moment, le bout de sa canne se souleva. Il toucha le pan du peignoir de soie verte, et ce geste suffisait, c'était plus qu'une condamnation, c'était l'expression totale du mépris, un mépris que le visage de la vieille dame ne daignait pas exprimer, sa canne se chargeant de ce soin.

Mme Rouet mère disparut. Restée seule, Antoinette se regarda longuement dans le miroir, les poings aux tempes, puis soudain elle marcha vers la porte, appela :

— Cécile !… Cécile !…

La bonne émergea du fond invisible de l'appartement. Les paroles coulèrent, coulèrent, tandis que la domestique, impassible comme sa grande patronne, celle d'en haut, se tenait raide et évitait de baisser les yeux.

C'était une fille maigre, très brune, sans coquetterie, qui portait les cheveux tirés en arrière, où ils formaient un chignon dur. Elle avait le teint jaune, surtout au cou, la poitrine plate, et, pendant qu'elle écoutait sans impatience, elle gardait les deux mains sur le ventre ; ces deux mains croisées proclamaient sa confiance en soi en même temps que son mépris pour cette colère qui déferlait autour d'elle sans l'atteindre.

Dominique n'entendait pas les mots. Sans s'en rendre compte, elle s'approcha tellement de la fenêtre que, si Antoinette se fût tournée vers elle, elle eût compris qu'on l'observait depuis longtemps, et peut-être du même coup en eût-elle deviné davantage.

Ses cheveux bruns, qui étaient souples, abondants, voletaient autour de sa tête et leur masse soyeuse passait d'une épaule sur l'autre, son peignoir s'entrouvrait, ses bras à demi nus gesticulaient ; son regard, sans cesse, revenait à ces deux mains effrontément croisées sur un ventre.

À la fin, Antoinette n'y tint plus. Ce fut vraiment un jaillissement. Elle se précipita sur Cécile, sur ces mains qu'elle écarta brusquement et, comme la servante ne bronchait toujours pas, elle la saisit aux épaules, la secoua, lui fit heurter plusieurs fois le chambranle de la porte.

À cet instant, l'espace d'une seconde, la domestique regarda par la fenêtre, inconsciemment sans doute, peut-être parce qu'une bouffée d'air soulevait un pan du rideau ; son regard croisa celui de Dominique, et celle-ci fut sûre d'avoir surpris comme l'ombre d'un sourire.

D'un sourire tellement satisfait !

« Vous voyez ! Voilà ce que vaut cette femme qui s'est introduite dans notre maison, qui a prétendu vivre avec M. Hubert et qui maintenant… »

Ce sourire rentré ne s'adressait-il pas plutôt à Antoinette ?

« Frappez toujours. Démenez-vous ! Dépoitraillez-vous ! Ressemblez de plus en plus à ce que vous êtes dans le fond, à une poissarde des rues, comme votre mère, qui a vendu des coquillages aux Halles… On vous regarde !… Vous ne le savez pas, mais on vous regarde et on vous juge… »

Antoinette lâcha prise. Elle ne fit que trois ou quatre pas dans la chambre, parlant toujours avec passion. Quand elle se retourna, elle fut stupéfaite de retrouver la bonne à la même place, et elle se jeta à nouveau dessus, avec plus de force que la première fois, la poussa dans le boudoir voisin, la bouscula, la renversa presque, jusqu'à ce qu'elle eût enfin atteint la porte du palier.

Elle la jetait dehors. Peut-être tirait-elle le verrou. Et, quand elle réapparaissait, elle était presque calmée, cet éclat l'avait soulagée ; elle parlait encore, toute seule, allait et venait à travers l'appartement, cherchant une idée, car elle gardait un impérieux besoin d'agir.

Fut-ce la vue du lit encore défait, avec sur la couverture le plateau du petit déjeuner ?

Elle se dirigea vers l'appareil téléphonique, composa un numéro.

Dans la tour, Mme Rouet mère s'était tournée vers l'intérieur. Cécile était là, sans aucun doute. La vieille dame ne se levait plus. Elle écoutait. Elle parlait tranquillement.

Au téléphone, Antoinette insistait. Oui, il fallait que ce fût tout de suite. Dominique ne savait pas ce qu'elle avait décidé, mais elle comprenait que cela devait se réaliser *immédiatement*.

Il y avait des moments où Dominique oubliait de respirer tant cette vitalité la bouleversait. Elle avait été moins impressionnée par le crime, car c'était bel et bien un crime qui s'était commis sous ses yeux. Du moins avait-il eu lieu silencieusement, sans gestes. Il n'avait été que comme l'aboutissement d'une vie secrète étouffée, alors qu'à présent cette vie débordait, bouillonnante, envahissante, avec toute son effroyable crudité.

Elle ne savait plus où se mettre. Elle ne voulait pas s'asseoir. Elle ne voulait rien perdre de ce qui se passait, et cela lui faisait mal, lui donnait le vertige ; c'était aussi douloureux, en plus fort, que quand elle regardait par la serrure, que la première fois, par exemple, qu'elle avait vu l'acte de chair dans toute sa brutalité, que quand elle avait assisté à la poussée d'un membre d'homme luisant de force animale.

Ainsi, Antoinette c'était cela ? Tout l'être de Dominique se révoltait devant ce besoin de vie, splendide et vulgaire.

Elle voulait écrire, tout de suite. Les mots qui lui venaient avaient la même crudité que le spectacle auquel elle assistait.

« Vous avez tué votre mari. »

Oui, elle l'écrirait, elle allait l'écrire tout de suite, elle le fit, sans réfléchir, sans prendre soin, cette fois, de déguiser son écriture :

Elle ajouta instinctivement :

« Vous le savez bien ! »

Et ces mots trahissaient son tourment le plus intime, la vraie raison de son indignation. Elle aurait compris les remords. Elle aurait compris une angoisse qu'eussent lentement distillée les heures qui passaient. Elle aurait tout compris, tout admis, tout absous peut-être, sauf cette impassibilité, cette attente des cinq jours, puis ce départ allègre – car, si on ne l'avait pas arrêtée, elle partait, naturellement, gaiement ! – et enfin cette révolte, qui révélait son inconscience.

« Vous le savez bien ! »

Sans doute, mais Antoinette ne paraissait pas s'en rendre compte. Elle le savait peut-être, mais elle ne le sentait pas. Elle était veuve. Elle était délivrée enfin d'un mari terne et ennuyeux. Elle était riche.

Elle partait, pourquoi pas ?

Dominique faillit descendre tout de suite pour aller jeter sa lettre à la poste, mais une camionnette s'arrêtait en face, deux hommes en descendaient, chargés d'outils, deux ouvriers vêtus de toile bleue.

Antoinette les accueillait au seuil de l'appartement, où Cécile n'avait pas reparu.

Elle était calme. Ses gestes étaient nets. Elle avait décidé. Elle savait ce qu'elle voulait, et sa volonté serait réalisée sur-le-champ.

La première chose à faire était de démontrer et d'éloigner ce vaste lit bourgeois : les tapissiers en retiraient le sommier, qu'ils allaient poser dans l'entrée, puis dévissaient les montants ; la chambre, du coup, paraissait nue, avec seulement un carré de fine poussière pour indiquer la place où Hubert Rouet était mort.

Antoinette continuait à donner des ordres, allant et venant sans souci du peignoir entrouvert, suivie des deux hommes qui obéissaient avec indifférence et qui transportaient dans la chambre le divan sur lequel elle avait dormi pendant la maladie de son mari.

Elle eut un coup d'œil aux rideaux sombres qu'on ne fermait presque jamais, faillit prononcer : « Enlevez ! »

Sans doute pensa-t-elle qu'on ne pouvait laisser les fenêtres nues et qu'il n'y avait pas d'autres rideaux disponibles.

Les deux pots, avec leurs plantes vertes, étaient toujours sur la cheminée, et un geste décida de leur sort. Dominique n'en put croire ses yeux quand elle vit Antoinette les laisser partir sans un regard, sans un tressaillement, sans une pensée à ce qui s'était passé.

Les Caille ne rentraient pas. Il était onze heures et la rue était presque déserte ; le pharmacien avait abaissé son vélum d'un jaune passé ; les volets clos de certains magasins faisaient penser à un matin de dimanche.

À onze heures et demie déjà, les tapissiers avaient terminé leur travail, changé des meubles de place, rangé ceux qui étaient de trop dans une pièce qui donnait sur la cour, dont, une seconde, Dominique entrevit la clarté glauque au fond d'une enfilade de portes.

Alors, demeurée seule et considérant le spectacle autour d'elle, Antoinette eut l'air de dire avec une certaine satisfaction : « Puisqu'ils veulent que je reste !… »

Elle s'organisait, vidait les malles, les valises, arrangeait autrement armoires et tiroirs, allumant parfois une cigarette, haussant les épaules après un coup d'œil au plafond au-dessus duquel elle sentait la présence écrasante de sa belle-mère.

Se doutait-elle que les événements allaient se précipiter et faire de ce jour-là une journée décisive ? En tout cas, elle était à l'aise dans l'action, elle l'accueillait avec soulagement. Elle ne se donnait pas la peine de s'habiller, d'aller déjeuner dehors, et Dominique la vit sortir de la cuisine avec un morceau de viande froide sur un bout de pain.

M. Rouet père rentra chez lui. Dominique ne le vit que dans la rue. Sa femme disparut de la fenêtre, et il était facile de les imaginer tous les deux dans la pénombre de leur appartement, elle le mettait au courant, ils envisageaient les mesures à prendre.

Et, en effet, un peu plus tard, Antoinette tressaillait en entendant le timbre de la porte d'entrée. Au second coup, elle allait ouvrir. Son beau-père entrait, froid et calme, moins froid toutefois que sa femme, comme s'il fût venu pour adoucir les angles.

On avait dû lui recommander, là-haut : « Sois ferme ! Surtout, sois ferme ! Ne te laisse pas impressionner par ses larmes et par ses simagrées… »

Peut-être pour donner plus de solennité à sa visite dans cet appartement, qui était jadis presque commun aux deux ménages, il était venu en chapeau et, assis, le tenait en équilibre sur ses genoux, le changeait de place chaque fois qu'il croisait ou décroisait les jambes.

— Mon enfant, je suis venu…

C'est ainsi qu'il devait parler.

— ... après les moments pénibles que nous venons de vivre... il est évident... vous devez comprendre cela... il est évident qu'il faut... ne fût-ce que pour les gens...

C'était une nouvelle stupeur pour Dominique de voir une Antoinette parfaitement calme, presque souriante, une Antoinette qui disait oui à tout, avec plus d'ironie peut-être que de conviction.

Mais oui ! Elle se passerait de vacances, puisque ses beaux-parents y tenaient tant ! Elle s'était seulement permis de rendre l'appartement plus habitable pour une personne seule. Est-ce que c'était un crime ? N'avait-elle pas le droit d'arranger à son goût l'endroit où elle était condamnée à vivre ? Eh bien ! c'était tout. Peut-être, dans quelque temps, changerait-elle les tentures qui en avaient besoin et qui étaient par trop tristes pour une jeune femme. Elle n'avait rien dit jusqu'ici, puisque c'était le goût de son mari, ou plutôt de ses parents...

Allons ! M. Rouet lui-même était enchanté de la trouver si docile. Mais il y avait encore une exigence à présenter. Il hésitait, déplaçait deux ou trois fois son chapeau, coupait avec les dents le bout d'un cigare qu'il n'allumait pas.

— Vous savez que Cécile fait pour ainsi dire partie de la famille, qu'elle est chez nous depuis quinze ans...

Un homme ne s'aperçoit pas de ces choses-là, il est rarement capable de percevoir la haine chez une femme, parce que cela ne se passe pas comme chez lui. Rien qu'un redressement du buste, un sursaut à peine visible, une tension passagère des traits, puis un sourire condescendant.

Eh bien ! c'est entendu... Cécile peut revenir... Elle continuera à l'espionner, à monter dix fois par jour aux ordres chez sa belle-mère et à lui raconter tout ce qui se passe en dessous d'elle...

Et après ?... C'est tout ?...

Allons ! Allons ! Ne vous excusez pas ! C'est tout naturel ! Parfaitement, un léger malentendu... Tout le monde est nerveux par ce temps d'orage...

Elle reconduit son beau-père à la porte. Il lui serre la main, enchanté que l'entrevue se soit si bien passée, se précipite dans l'escalier, qu'il grimpe quatre à quatre, pour aller raconter à sa femme qu'il a eu gain de cause sur toute la ligne, qu'il s'est montré ferme, inébranlable !

Voilà déjà Cécile qui redescend, comme si de rien n'était, impeccable dans sa robe noire et sous son tablier blanc, la voix pointue, les traits pointus :

— Qu'est-ce que Madame désire que je lui serve ?

Ah ! oui ? Elle a mangé. Merci. Elle n'a besoin de rien. Un coup de téléphone, seulement, parce que le vide, aujourd'hui, après ces allées et venues, est moins supportable, comme le courant d'air un jour de grand nettoyage.

Un coup de téléphone familier, affectueux, cela se voit à son visage, à son sourire. Elle parle à quelqu'un en qui elle a confiance, car ce sourire, par instants, est plein de menaces à l'égard d'une tierce personne.

— C'est entendu, viens...

En attendant, elle va s'étendre sur son divan, le regard au plafond, son long fume-cigarette aux lèvres.

Les Caille ne sont toujours pas rentrés.

La lettre de Dominique est sur la table, près du petit paquet dans lequel le roquefort est devenu mou et visqueux.

L'envoie-t-elle ? Ne l'envoie-t-elle pas ?

Ce n'est pas une marchande de coquillages. C'est exact que son père a été mareyeur à Dieppe, mais elle-même, la mère d'Antoinette, a épousé un employé du métro, de sorte qu'elle n'a jamais vécu derrière l'étal d'une poissonnerie et encore moins aux Halles.

Elle est grande, forte, elle doit avoir une voix plus grave que la moyenne des femmes. Elle a eu soin de rehausser son demi-deuil d'une bande blanche à la base du chapeau. Rien que sa façon de payer le taxi après avoir interrogé le compteur révèle une personne qui n'a pas besoin d'un homme pour la diriger dans la vie.

Elle n'est pas seule. Une jeune femme, qui ne doit pas avoir plus de vingt-deux ans, l'accompagne, et celle-ci n'est pas en deuil, elle n'assistait pas à l'enterrement ; il n'y a pas besoin de la regarder longtemps pour comprendre que c'est la sœur cadette d'Antoinette.

Elle porte un tailleur très chic, un chapeau signé d'une grande modiste. Elle est belle. C'est la première impression qu'elle fait. Beaucoup plus belle qu'Antoinette, avec quelque chose de plus réservé qui trouble Dominique, quelque chose, d'ailleurs, que Dominique ne comprend pas. Elle ne pourrait pas dire si c'est une jeune fille ou une femme. Ses grands

64

yeux sont d'un bleu sombre, fort calmes, son maintien plus réservé que celui de sa sœur. Sa lèvre supérieure est retroussée, ce qui contribue peut-être le plus à lui donner cet air de jeunesse et de candeur.

Pour elles, Antoinette n'a pas eu besoin de s'habiller, et elles s'embrassent ; d'un regard, Antoinette annonce :

« La vieille est là-haut ! »

Elle se laisse tomber dans une bergère, désigne le divan à sa sœur, qui se contente d'une chaise et qui garde son attitude de jeune fille en visite.

Peut-être son tailleur est-il trop net, trop correct, comme tout dans sa tenue, ce qui fait déjà penser à une femme ?

— Raconte...

C'est ce que doit dire la mère, qui examine les murs et le mobilier autour d'elle, et Antoinette hausse les épaules, d'un haussement d'épaules plus vulgaire lorsqu'elle est seule. Elle parle ; on sent que sa voix est plus vulgaire aussi, un peu traînarde, qu'elle doit employer des mots pas très comme il faut, surtout quand elle fait allusion à la vieille de la tour et que son regard se porte machinalement sur le plafond.

Pendant tout le temps qu'Antoinette a été mariée, jamais Dominique n'a vu cette sœur dans la maison, et elle compterait aisément les fois où elle a aperçu la mère. Elle comprend pourquoi. C'est facile à comprendre.

Depuis qu'elles sont là, l'appartement n'est déjà plus le même, il y traîne on ne sait quelle nonchalance, quel désordre ; la mère a posé son chapeau sur le lit ; tout à l'heure elle va peut-être s'y étendre, accablée par la chaleur, tandis que la sœur gardera seule des attitudes de visiteuse bien élevée.

Antoinette raconte toujours, mime l'arrivée de sa belle-mère, son apparition plutôt dans l'encadrement de la porte, les allées et venues de son espionne de Cécile ; elle mime les patelineries de son beau-père, sa fausse dignité ; elle en rit, du bout des dents, et son geste final conclut :

— Tant pis pour eux !

Cela n'a aucune importance, voilà ! Elle s'arrangera. Elle s'arrange. Elle a tout le temps. Elle n'en fera quand même finalement qu'à sa tête en dépit de tous les Rouet de la création.

Est-ce que, d'en haut, la Rouet mère a entendu des éclats de voix ? Toujours est-il qu'elle sonne, ne tarde pas à interroger Cécile venue aux ordres.

— Ce sont les parents de Madame, sa mère et sa sœur...

Non ! Pas ça ! La mère, passe encore, mais la sœur qui... la sœur que...

— Veuillez prier Madame de monter me parler.

Antoinette en est à peine surprise.

— Qu'est-ce que je vous disais ? Attendez-moi un instant...

Va-t-elle monter en peignoir, dans ce peignoir trop vert que la canne, tout à l'heure, a stigmatisé ? À quoi bon ?

Elle décroche une robe noire, la première venue, se plante devant le miroir. La voilà en chemise, devant sa mère et sa sœur ; elle arrange ses cheveux, y pique des épingles qu'elle tient entre les lèvres.

— Cela va comme ça ?

En route ! Elle monte. Si Dominique ne la voit pas, c'est comme si elle la suivait des yeux. Le profil perdu de Mme Rouet mère est éloquent. Pas de colère. Quelques paroles qui se détachent d'elle comme le givre d'une fenêtre.

— Je croyais qu'il était entendu, une fois pour toutes, que vous ne recevriez pas votre sœur ici…

La sœur, en bas, sait de quoi il retourne, car elle s'est déjà levée, s'arrange un peu, devant la glace, elle aussi, n'attend que l'arrivée d'Antoinette pour partir.

C'est fait.

— Et voilà ! Ça n'a pas raté ! Il ne me reste qu'à te mettre à la porte, ma pauvre fille. Ordre du dromadaire !

Elle éclate de rire, d'un rire qui, à travers la rue, fait mal à Dominique. Elle embrasse sa mère, la rappelle, se dirige vers un petit meuble, y prend quelques billets de banque.

— Tiens ! Emporte au moins ça…

Antoinette dort sur le divan, un pied pendant presque à terre, et sur son visage il n'y a trace d'aucune émotion, d'aucun souci. Les lèvres entrouvertes, elle dort, dans la chaleur de l'après-midi, avec toute la vie de la rue qui bourdonne autour d'elle.

Les Caille ne sont pas rentrés, et Dominique, une fois de plus, a visité leur chambre après avoir tiré le verrou de la porte d'entrée.

Elle sait maintenant qu'ils ne sont pas partis. Elle n'a pas retrouvé dans la garde-robe le manteau de Lina, un beau manteau d'hiver en drap beige, garni de martre, qu'elle a apporté de chez elle, un manteau tout neuf de riche bourgeoise de province.

Dominique est sortie et, jusqu'à la dernière minute, elle a évité de prendre une décision ; c'est furtivement qu'elle a jeté sa lettre dans une boîte de la rue Royale. Un car bourré d'étrangers l'a frôlée, et il lui a semblé que ces gens-là, qui passaient, éblouis par la ville inconnue, échappaient au courant ordinaire de la vie.

L'envie lui a pincé la poitrine. Elle n'a jamais été en marge du quotidien monotone et écœurant. Quelques années à peine, jadis, avant ses dix-huit ans, mais elle ne s'en rendait pas compte, elle n'était pas capable d'en jouir.

Ce matin encore, elle a dû exiger, de cette ronde Mme Audebal qu'elle déteste, que celle-ci enlevât un petit morceau du fromage déjà pesé, parce que la portion était grosse et trop chère. Tout est trop cher pour elle !

Les Caille sont allés revendre le manteau de Lina, ou ils l'ont porté au Mont-de-Piété, mais ils vivent comme s'ils n'avaient pas besoin de compter.

Ils vivent ! Justement elle les rencontre, bras dessus, bras dessous ; elle sent que la valise qui bat les flancs de l'homme est vide ; elle sent surtout, à ses lèvres gourmandes, à l'éclat de ses yeux, qu'il a de l'argent en poche, qu'il est riche, qu'il va vivre encore davantage, et Lina le suit sans se demander où il la conduit.

Elle aurait voulu passer inaperçue, mais Lina l'a vue, a pincé le bras de son compagnon en murmurant quelque chose. Quoi ?

— La propriétaire…

Car, pour eux, elle est la propriétaire ! À moins qu'elle n'ait dit :

— La vieille chipie !

Croit-elle qu'à quarante ans on se sente vieille ?

Et voilà Caille qui la salue d'un ample coup de chapeau, elle si sombre et si menue qui rase les murs, comme pour prendre moins de place dans la rue.

Et ces milliers de gens, qui vont et viennent, qui boivent, affalés béatement aux terrasses, qui s'interpellent, qui regardent les jambes des femmes, les robes trop minces collées aux croupes, toute cette odeur de corps humains, de vie humaine qui la prend à la gorge, lui monte à la tête…

Elle a tellement, tellement, ce jour-là, envie de pleurer !

4

Elle marchait vite, comme si elle était poursuivie, ou plutôt, à mesure qu'elle approchait de sa maison, sa démarche devenait plus précipitée, plus saccadée ; elle avait cette fébrilité des nageurs qui prennent soudain conscience de leur imprudence et qui nagent éperdument vers la plage où ils auront enfin pied.

C'était bien cela. Elle commençait déjà à reprendre pied dans le porche où l'accueillait la sonorité particulière à cet ancien hôtel transformé en maison de rapport ; ses semelles retrouvaient le grain rugueux des dalles jaunâtres, disjointes ; elle se voyait, minuscule, déformée, dans la boule de cuivre de l'escalier, et sa main glissait avec un contentement physique sur la rampe polie ; plus haut, invariablement sur la même marche, elle marquait un temps d'arrêt pour chercher sa clef dans son sac et, à ce moment-là, chaque fois, elle avait une petite angoisse, car elle ne trouvait pas la clef tout de suite et, avec une demi-sincérité, elle se demandait si elle ne l'avait pas perdue.

Elle était chez elle enfin. Pas encore chez elle dans le salon, mais dans la chambre seulement, la pièce unique où elle s'était confinée et que parfois elle eût voulue plus petite encore comme pour mieux l'imprégner d'elle.

Elle ferma sa porte à clef et s'arrêta, lasse, essoufflée, à l'endroit où elle s'arrêtait toujours, devant la glace, y cherchant pour l'accueillir sa propre image.

Elle avait pour elle-même, pour Dominique, pour elle que jadis on appelait Nique – mais qui l'eût à présent appelée ainsi, sinon elle-même ? – elle avait pour Nique une pitié immense, et cela lui faisait du bien de la regarder dans ce miroir qui avait suivi les Salès dans toutes les villes de garnison et qui l'avait vue enfant.

Non, elle n'était pas encore une vieille fille. Son visage ne se ridait pas. La peau restait fraîche, bien qu'elle vécût renfermée. Jamais elle n'avait eu beaucoup de couleurs, mais cette peau était d'une finesse rare, et Dominique se souvenait de la voix de sa mère qui disait, avec des inflexions si délicates :

— Nique a le grain de peau des Le Bret. Quant au port de tête, c'est celui de sa grand-mère de Chaillou.

C'était apaisant, en sortant de la cohue brutale de la rue où les gens étalaient sans pudeur leur vitalité, de retrouver, comme des dieux familiers, certains noms qui n'étaient pas que des noms, mais les repères vivants d'un monde dont elle faisait partie et qu'elle vénérait.

Les syllabes de ces noms-là avaient une couleur, un parfum, une signification mystique. Presque tous, dans la pièce où Dominique reprenait possession d'elle-même avec encore à la bouche le goût de la poussière anonyme de la rue, étaient représentés par un objet.

Ainsi, il n'y avait pas de réveille-matin ni d'horloge dans la chambre, mais une toute petite montre en or, à la tête du lit, et cette montre, au boîtier orné d'une fleur en perles et en poussière de rubis, c'était la montre de sa grand-mère de Chaillou ; elle évoquait, aux environs de Rennes, une vaste maison des champs que tout le monde appelait le château.

— L'année où on a dû vendre le château...

Servant d'écrin à la montre, une mule de soie rouge brodée de vert, de bleu, de jaune, et c'était Nique qui l'avait brodée, quand elle avait sept ou huit ans et qu'elle était en pension, à Nîmes, chez les Sœurs de l'Ascension.

Elle allumait le gaz, posait une serviette sur le bout de la table, en guise de nappe. On devait dîner dans la plupart des appartements de la rue, ceux du moins dont les habitants n'étaient pas en vacances, mais on ne voyait personne dans les pièces d'Antoinette Rouet.

Pour échapper à cette obsession d'Antoinette, à qui sa pensée revenait sans cesse, Dominique avait envie de jouer le jeu, de jouer à penser, comme elle disait autrefois et comme elle le disait encore, moitié consciemment, moitié inconsciemment.

Cela demandait une disposition d'esprit particulière. Il fallait se mettre en état de grâce. Le matin, par exemple, en vaquant au ménage, c'était impossible. Impossible aussi de commencer à un moment déterminé. Cela tenait du rêve éveillé, et on ne rêve pas sur commande, on peut tout au plus se mettre progressivement dans un état favorable.

Le mot de *Chaillou* était un bon mot pour partir, un mot clef, mais il y en avait d'autres, par exemple *tante Clémentine*… Tante Clémentine, c'était le matin, vers onze heures, quand la fraîcheur faisait place au soleil plus lourd de midi et quand on commençait à percevoir l'odeur de sa propre peau…

Une villa, à La Seyne, près de Toulon… Le mari de tante Clémentine – c'était une Le Bret et elle avait épousé un Chabiron – était ingénieur à l'arsenal de Toulon… Dominique était en vacances chez elle pour un mois ; elle lisait, dans un jardin fleuri de mimosas ; elle entendait dans l'embrasement du soleil le halètement des machines des chantiers navals ; elle n'avait qu'à se soulever pour apercevoir, à travers un écheveau de grues et de ponts roulants, un pan de mer d'un bleu intense ; et tout cela stagnait, formait un tout si compact que c'était un soulagement, à midi, d'entendre le cri déchirant des sirènes des usines auquel répondaient les sirènes des navires en rade et que suivait le piétinement des ouvriers et des ouvrières franchissant le passage à niveau.

Tante Clémentine n'était pas morte. Son mari était mort depuis longtemps. Elle vivait toujours dans sa villa, seule avec une vieille servante. Et Dominique, en esprit, mettait chaque objet à sa place, jusqu'au chat roux qui ne devait plus exister ; elle reconstituait chaque coin…

Soudain, parce qu'elle avait joué à ce jeu en veillant son père malade, elle tressaillit, croyant entendre le fameux soupir venant du lit ; elle était déroutée de ne pas voir celui-ci à sa place, le visage velu de l'ancien général, son regard qui exprimait toujours un reproche glacé.

— Eh bien ? Ma pipe ?

Il fumait au lit, ne se rasait plus, se débarbouillait à peine. On aurait dit qu'il le faisait exprès d'être sale, de devenir comme un objet répugnant, et il lui arrivait de prononcer avec une satisfaction diabolique :

— Je commence à puer ! Avoue que je pue ! Mais avoue-le donc, puisque c'est vrai ! Je pue, nom de Dieu !

Dans la chambre de son père, c'étaient maintenant les Caille qui rentraient. Elle n'avait plus besoin de jouer à penser, de chercher des sujets de rêverie. Il y avait Antoinette et les parents Rouet, en face ; il y avait, à côté d'elle, séparés d'elle par une simple porte, les jeunes gens qui s'en revenaient avec leur valise vide.

Que faisaient-ils ? Quel était ce remue-ménage auquel elle n'était pas habituée ? Ce n'était pas leur heure. Ils avaient à peine eu le temps de dîner. Pourquoi n'allaient-ils pas au cinéma, ou au théâtre, ou dans quelque dancing dont elle les entendait le matin fredonner les rengaines ?

On remplissait un seau. Le robinet était large ouvert. Ils étaient capables de l'oublier et de laisser l'eau se répandre par terre. Elle avait toujours peur, avec eux, d'une catastrophe de ce genre, car ils n'avaient aucun respect pour les objets. Pour eux, un objet, n'importe lequel, cela se remplace. Cela coûte tant, et c'est tout. Elle qui se faisait du mauvais sang pour une tache sur une carpette ou sur un rideau ! Ils parlaient, mais ils faisaient trop de bruit en déplaçant des objets pour qu'elle pût saisir les paroles. Augustine était à sa fenêtre. Elle avait pris sa faction ; pour elle, c'était une vraie faction : à peine avait-elle soupé qu'elle s'accoudait de tout son poids à la fenêtre mansardée ; elle portait un corsage noir à tout petits dessins blancs ; l'ombre violette du soir faisait ressortir la blancheur de ses cheveux ; elle était là, placide, dominant la rue et les toits. Ce n'était que longtemps après que l'une ou l'autre fenêtre se garnissait de gens qui, leur journée finie, venaient prendre le frais.

Dominique avait joué le jeu avec la vieille Augustine aussi, les jours de mélancolie, quand le miroir lui avait renvoyé une image fatiguée, des yeux cernés, des lèvres sans couleur, quand elle se sentait vieille.

Comment la vieille Augustine avait-elle commencé ? Comment était-elle à quarante ans ? Que faisait-elle alors ?

L'histoire d'Augustine se terminait invariablement par son enterrement, que Dominique imaginait dans ses moindres détails.

— Qu'est-ce que c'est ?

Non. Elle n'avait pas prononcé ces paroles. C'était en elle que la question s'était formulée. On avait frappé à sa porte. Et elle regardait autour d'elle avec une angoisse, elle se demandait qui pouvait venir frapper chez elle ; sa surprise était telle qu'elle n'avait pas pensé aux Caille. Le temps de faire quelques pas et on frappait à nouveau ; elle tournait la clef sans bruit, pour ne pas avoir l'air de s'enfermer ; elle avait jeté un coup d'œil au miroir pour s'assurer qu'il n'y avait rien de négligé dans sa toilette.

Elle souriait d'un sourire crispé, car il faut un sourire quand on reçoit quelqu'un.

Encore un souvenir de sa mère qui avait, elle, un sourire d'une mélancolie infinie.

« Cela coûte si peu et cela rend la vie tellement plus agréable ! Si chacun faisait un petit effort ! »

C'était Albert Caille. Il paraissait gêné, s'efforçait de sourire, lui aussi.

— Je vous demande pardon de vous déranger…

Elle pensa :

« Il vient m'annoncer qu'ils quittent la maison… »

Et lui, malgré sa bonne éducation, enfonçait son regard dans les recoins mystérieux de cette pièce où elle vivait. Qu'est-ce qui l'étonnait ? Qu'elle se confinât dans une seule chambre alors qu'elle en avait d'autres à sa disposition ? Qu'il n'y eût là que des meubles et des objets disparates et vieillots ?

— Nous avons reçu une lettre de mes beaux-parents. Ils arrivent de Fontenay-le-Comte demain à onze heures du matin.

Elle n'en revient pas qu'il rougisse, lui toujours si à l'aise dans la vie. Elle remarque que ses traits prennent une expression enfantine, l'expression d'un enfant qui a envie de quelque chose, qui a peur qu'on le lui refuse, qui supplie d'une moue, d'un regard.

Il est si jeune ! Jamais elle ne l'a vu aussi jeune ! Il y a encore de la candeur en lui, derrière sa rouerie.

— Je ne sais comment vous expliquer… Si nous ne nous sommes pas encore installés en appartement, c'est que ma situation peut changer d'un jour à l'autre... Vous comprenez... Mes beaux-parents sont habitués à la vie confortable de la province... C'est la première visite qu'ils nous font depuis notre mariage...

Elle n'a pas pensé à le prier d'entrer. Elle le fait, mais il reste près de la porte, elle devine que Lina attend, écoute.

— Je voudrais tant que leur impression ne fût pas trop mauvaise... Ils ne resteront qu'un jour ou deux, car mon beau-père ne peut pas abandonner longtemps ses affaires... Si, pendant ce temps-là, vous nous permettiez de disposer du salon comme s'il était à nous... Je suis prêt à vous régler un supplément de location...

Elle lui est reconnaissante d'avoir hésité avant de prononcer le brutal mot « payer » et de l'avoir remplacé par « régler ».

— Nous serons d'ailleurs dehors du matin au soir... Mes beaux-parents descendront à l'hôtel...

Il croit qu'elle hésite, cependant qu'elle pense :

« Est-ce qu'il me prend pour une vieille fille ? Me voit-il vieille ? Est-ce que, pour lui, je suis une femme, une femme comme... une femme à qui... »

Elle revoit le spectacle contemplé plusieurs fois par le trou de la serrure et elle est troublée ; elle a honte d'elle, pour rien au monde elle ne permettrait à un homme, quel qu'il soit... Mais de savoir qu'un homme, que Caille, par exemple, pourrait avoir cette idée...

— Ma femme désirerait aussi...

Il a dit « ma femme », et il s'agit de cette créature encore inachevée, aux formes indécises, de cette sorte de poupée bourrée de son, aux lèvres enfantines, qui rit de tout, pour tout, en montrant des dents pareilles à des dents de lait.

— Ma femme désirerait aussi, pour ces deux jours, changer quelques petits détails de la chambre… Ne craignez rien… Nous remettrons tout en place… Nous ferons fort attention…

À cause de ses pensées, Dominique n'ose plus le regarder. Il lui semble que Caille comprendrait…

Oserait-il, par exemple, s'approcher d'elle, avancer les mains comme il le faisait sûrement avec d'autres, car il a la curiosité innée de tout ce qui est chair de femme ?

Il sourit, son regard supplie, désarmant. Et elle s'entend dire :

— Qu'est-ce que vous voulez changer dans la chambre ?

— Si cela ne vous ennuyait pas trop, je démonterais la boiserie du lit… Oh ! j'ai l'habitude… En posant le sommier par terre, on obtiendrait un divan, et nous avons apporté une cretonne pour le couvrir… Vous comprenez ?

Comme en face ! N'est-ce pas extraordinaire ? Ce matin, Antoinette Rouet a fait exactement la même chose ! Ainsi, chez elle et chez le jeune couple, on retrouve un goût identique, et Dominique croit comprendre : ils ne conçoivent plus le lit comme un instrument de repos, ils en font quelque chose d'autre, de plus charnel, ils l'harmonisent avec d'autres fins, avec d'autres gestes.

79

— Vous permettez, dites ?

Elle se rend compte que son corsage est encore une fois mouillé sous les bras, et cette sensation d'humidité chaude lui fait picoter les yeux. Très vite, elle prononce…

— Oui… Faites…

Puis elle se ravise, ajoute quand même :

— Mais veillez à ne rien abîmer !

Ils vont rire d'elle, à cause de cette recommandation-là. Ils diront : « La vieille a peur pour ses quatre meubles et pour ses rideaux de l'ancien temps… »

— Je vous remercie vivement… Ma femme sera si heureuse…

Il se retire. Dans le salon, Dominique aperçoit les fleurs, toute une brassée de fleurs odorantes qu'on a placées sur le marbre d'une console en attendant de les répartir dans les vases.

— Surtout n'en mettez pas dans le vase bleu, car il est fêlé, et l'eau se répandrait…

Il sourit. Il est content. Il a hâte d'être près de Lina.

— N'ayez pas peur…

Toute la soirée, ils vont mener une vie bruyante : on entendra remplir des seaux d'eau, laver, frotter, passer les meubles à la cire, et deux fois, en entrouvrant la porte du salon, Dominique apercevra Albert Caille, manches de chemise retroussées, occupé à faire le ménage.

Il faut qu'elle ferme hermétiquement la porte pour se sentir un peu chez elle. Elle s'accoude à la fenêtre, légèrement, négligemment, comme pour un instant, et non avec cette force statique de la vieille

Augustine qu'on sent décidée à rester des heures à sa place ; la rue est calme, presque vide ; un vieux monsieur très maigre, tout vêtu de noir, promène un petit chien et s'arrête sans impatience chaque fois que celui-ci s'arrête ; les Audebal se sont assis devant le seuil de leur boutique ; on sent qu'ils se sont remués toute la journée, qu'ils ont eu chaud, qu'ils n'ont que quelques instants de détente, car le mari sera aux Halles dès quatre heures du matin. Leur bonne, celle qui porte le lait et qui a toujours les cheveux dans la figure, est assise près d'eux, les bras ballants, le regard vide. Elle n'a peut-être que quinze ans et elle a de gros seins de femme, comme Lina, peut-être plus forts. Qui sait si déjà…

Sûrement ! Avec son patron ! Audebal est l'homme qui fait sur Dominique l'impression la plus désagréable. Il est si dru, si plein de sang chaud qu'on a l'impression de sentir celui-ci battre à grands coups dans les artères, et ses yeux ont une arrogance de bête bien portante.

Parfois, depuis le boulevard Haussmann, on entend des voix : c'est un groupe qui marche dans la rue et qui parle fort, comme pour l'univers entier, sans souci des gens accoudés à leur fenêtre ou qui prennent le frais à petit pas.

La lumière est cuivrée, les maisons ont des reflets de cuivre, une cheminée en brique a l'air de saigner, et les couleurs, du côté de l'ombre, ont une profondeur effrayante ; les objets les plus inanimés semblent vivre par eux-mêmes ; on dirait que, le jour fini, l'agitation apaisée, à l'heure où les hommes mettent une sourdine à leur existence, les choses commencent à respirer et à mener leur existence mystérieuse.

On vient de fermer les fenêtres de la chambre d'Antoinette. Dominique a entrevu la robe noire et le tablier blanc de Cécile. Une seconde, elle a aperçu l'intimité du lit dont on a déjà fait la couverture ; puis les rideaux sont tirés, ils laissent filtrer une vague lueur rose, celle de la lampe à abat-jour rose, qu'on a posée tout à l'heure sur un guéridon.

Est-ce qu'Antoinette, comme une prisonnière, va déjà se coucher ? Juste au-dessus de sa tête, Mme Rouet mère est à son poste, son mari près d'elle. Dominique ne voit de lui qu'une pantoufle vernie, des chaussettes chinées et le bas du pantalon, car il a un pied sur la barre d'appui de la fenêtre.

Ils causent sans fièvre, sans se presser. Tantôt c'est la vieille dame qui parle, et Dominique voit ses lèvres s'agiter ; tantôt elle se tait, tournée vers l'intérieur de la chambre, elle écoute ce que son mari lui dit.

Dominique a hâte que tout soit fini, que les gens disparaissent les uns après les autres, les Audebal d'abord, qui traînent les pieds de leurs chaises sur le trottoir et qui déclenchent un vacarme métallique en mettant les barres de fer à leurs volets, puis cette femme pâle dont elle ne sait rien, sur la gauche, au troisième étage de chez Sutton, les maroquiniers. Elle a un enfant. Dominique l'a rencontrée souvent avec un enfant de cinq ou six ans, fort bien tenu, sur lequel la maman éprouve sans cesse le besoin de se pencher, mais il doit être présentement malade, car voilà deux semaines au moins qu'on ne l'a pas vu dehors, et le docteur vient chaque matin.

Oui, que tout cela disparaisse ! Elle aimerait même mieux voir les volets hermétiquement clos comme en hiver, car il y a des gens qui, en cette saison, dorment les fenêtres ouvertes, si bien qu'on croit sentir le souffle des êtres endormis s'exhaler des maisons ; l'illusion est si forte, par moments, qu'il semble à Dominique que quelqu'un, dans son sommeil, vient de se retourner sur son lit moite.

Les oiseaux de l'arbre, du morceau d'arbre qu'elle peut entrevoir dans le haut de la rue, au carrefour où un agent se promène avec ennui ne sachant que faire de son bâton blanc, se sont mis à vivre avec la même exaltation que le matin, une exaltation qui va cesser soudain, quand s'éteindront les dernières lueurs rougeâtres et quand le ciel, devenu d'un vert glacé du côté opposé au couchant, prendra peu à peu le moelleux de la nuit.

Elle n'a pas sommeil. Elle a rarement sommeil. Le grand nettoyage des Caille l'irrite, bouleverse son univers ; elle tressaille à chaque bruit nouveau, s'inquiète, se demande aussi pourquoi Antoinette s'est couchée de si bonne heure, comment elle peut se coucher, dormir en paix après la journée qu'elle vient de vivre, dans la chambre où quelques jours plus tôt son mari, couvert d'une sueur mortelle, appelait désespérément à l'aide, de tout son être, sans plus de voix qu'un poisson qu'on a jeté sur l'herbe et qui happe goulûment l'air mortel.

Les heures, les demies sonnent à Saint-Philippe-du-Roule. Toute la lumière du jour s'est dissoute et des aigrettes paraissent aux angles des toits d'en face, les rayons d'une lune qu'on ne voit pas encore, qui va émerger de derrière ces toits, et cela rappelle à Dominique la grande place de Nancy, quand elle était enfant et que les premières lampes à arc émettaient les mêmes rayons glacés, si aigus qu'ils vous transperçaient les pupilles.

Il n'y a que la grosse Augustine à rentrer. Elle rentre, ferme sa fenêtre. Elle va s'affaler sur son lit de tout son poids. Dans quelle tenue de nuit, mon Dieu ? On la voit enveloppée de choses informes, des camisoles, des pantalons, des jupons en pilou imprégnés de son odeur.

Dominique n'a pas éclairé. Sous la porte, un filet de lumière vient de chez les Caille, qui ont laissé leur fenêtre ouverte, car on distingue le rectangle plus clair projeté sur l'obscurité de la rue.

Il est une heure quand ils éteignent. La fenêtre rose s'est éteinte en face aussi, chez Antoinette. Les Rouet, à l'étage au-dessus, sont couchés.

Dominique est seule, elle regarde la lune, toute ronde, d'une plénitude inhumaine, qui vient enfin de s'élever de quelques centimètres au-dessus d'une cheminée. À cause du ciel trop clair, uni et lumineux comme une vitre dépolie, on distingue à peine les étoiles et des mots reviennent à la mémoire de Dominique :

… tué d'une balle au cœur, la nuit, en plein désert…

Il n'y a qu'un ciel comme celui-ci pour donner l'idée du désert. Une égale solitude sous les pieds, au-dessus de la tête, et cette lune nageant dans un univers sans limite.

... à la tête d'une colonne de vingt tirailleurs...

Elle se retourne. Sur le couvercle de la machine à coudre, elle peut deviner, malgré l'obscurité, la forme d'un livre de messe, dont la reliure est protégée par une enveloppe de drap noir. C'est le missel qui lui a été donné à sa première communion. Une des images, en fin parchemin enluminé, porte son nom avec ses initiales en lettres dorées.

Une autre image, dans ce missel, est une image de deuil.

Madame Geneviève Améraud, née Auger,
pieusement décédée dans sa...

Angoulême. Son père n'était alors que colonel. Ils habitaient une grosse maison carrée, d'un jaune très doux, avec un balcon en fer forgé, des rideaux vert amande aux fenêtres qui s'ouvraient sur un boulevard où il y avait une allée pour les cavaliers, et on entendait dès cinq heures du matin les trompettes de la caserne.

Mme Améraud était une veuve qui habitait la maison voisine. Elle était menue, marchait à tout petits pas, et on disait : « Douce comme Mme Améraud... »

Elle souriait à chacun, mais plus volontiers aux quinze ans, aux seize ans de Nique ; elle la faisait entrer dans le salon où elle passait des heures monotones, sans paraître deviner que, si la jeune fille était volontiers blottie chez elle, c'était pour son fils Jacques.

Pourtant on ne le voyait que pendant les vacances, car il était à Saint-Cyr. Il portait les cheveux en

85

brosse. Il avait le visage grave. La voix aussi. C'était étonnant, cette voix de basse chez un garçon si jeune qu'il n'avait encore qu'un léger duvet aux lèvres. Mais c'était une gravité douce.

— Nique…

Pendant trois ans, exactement, elle l'avait aimé, toute seule, sans en rien dire à personne, elle l'avait aimé de toute son âme, elle n'avait vécu que dans sa pensée.

Est-ce qu'il le savait ? Est-ce que Mme Améraud connaissait les raisons de cette présence quotidienne d'un enfant dans sa maison ?

Un soir, le général avait été invité. On avait servi du vieux cognac, de la liqueur, des biscuits à la cannelle. Jacques portait l'uniforme de sous-lieutenant, et il devait partir le lendemain pour l'Afrique.

L'abat-jour était rose, comme dans la chambre d'Antoinette, la fenêtre ouverte sur le boulevard, où on voyait la lune se refléter sur les troncs clairs des platanes, qui en devenaient lumineux ; on avait entendu le couvre-feu sonner à la caserne.

Dominique était sortie la dernière. Mme Améraud s'était retirée discrètement ; le colonel Salès attendait, en allumant un cigare, au milieu du trottoir, et alors, dans un vertige, au moment où Jacques gardait un instant sa main dans la sienne, Dominique avait balbutié :

— Je vous attendrai toujours… toujours…

Un sanglot montait, elle retirait sa main, elle prenait, pour s'éloigner, le bras de son père.

C'était tout. Sauf une carte postale, la seule qu'elle eût reçue de lui, une vue d'un petit poste en terre desséchée, à l'orée du désert, un factionnaire en ombre chinoise, la lune, et à l'encre, près de cette lune blafarde, deux mots suivis d'un point d'exclamation :

La nôtre !

La même lune qui les avait éclairés le soir d'Angoulême et sous laquelle Jacques Améraud allait être *tué d'une balle au cœur* dans le désert.

Dominique avançait un peu la tête par la fenêtre pour tendre son front à la brise fraîche qui frôlait les maisons, mais elle recula en rougissant. De la fenêtre voisine, des sons parvenaient jusqu'à elle, un murmure qu'elle connaissait bien. Ainsi ils ne dormaient pas ! Leur chambre arrangée, les fleurs dressées dans les vases, la lumière éteinte, c'était ça, toujours ça qui les sollicitait, et le plus choquant peut-être c'était, étouffé mais d'autant plus éloquent, ce rire saccadé de femelle heureuse.

Dominique voulut se coucher. Elle se retira dans le fond de la chambre pour se dévêtir et, sans qu'il y eût de la lumière dans la pièce, son corps blanc se dessina dans l'ombre ; elle eut hâte de se couvrir, s'assura que la porte était close ; puis au moment de se glisser dans son lit, elle eut un dernier regard pour la fenêtre d'en face et aperçut Antoinette qui s'y était accoudée.

Sans doute n'avait-elle pas pu s'endormir. Elle avait rallumé la lampe rose. Celle-ci éclairait le désordre du divan transformé en lit pour la nuit, l'oreiller où la forme de la tête se dessinait en creux, les draps brodés, un livre ouvert, un bout de cigarette fumant dans une coupe.

Il y avait dans la chambre comme une voluptueuse atmosphère de mollesse, et Dominique se cachait derrière un battant de la fenêtre pour contempler Antoinette telle qu'elle se découpait dans la clarté lunaire. Ses cheveux bruns, dénoués, se déroulaient sur les épaules d'un blanc laiteux. Son corps, dans une chemise de nuit soyeuse et très ouvragée, avait une plénitude dont Dominique n'avait pas encore eu la révélation. Un mot lui vint aux lèvres, un mot tout simple, le mot *femme*, qu'elle croyait comprendre pour la première fois. Les bras appuyés à la barre de fer forgé, Antoinette se penchait en avant, si bien que sa poitrine s'écrasait un peu sur la blancheur des bras ; les seins remontaient légèrement ; on voyait un creux d'ombre dans l'échancrure de la chemise ; le menton était rond, comme posé, lui aussi, sur un bourrelet de chair douillette.

Tout à l'heure, quand les deux sœurs étaient face à face, Dominique avait jugé que la cadette était la plus belle. Maintenant, elle comprenait son erreur : c'était une créature épanouie qui se trouvait là devant elle, sortie dans la fraîcheur de la nuit, à la frontière de l'infini et d'une chambre éclairée de rose. Une créature comme en suspens, qui était faite pour quelque chose et, de toutes ses fibres, aspirait à ce quelque chose. Dominique en était sûre ; elle était bouleversée par le regard pathétique des yeux sombres fixés sur le ciel, elle sentait un soupir qui gonflait la poitrine et la gorge pour s'exhaler enfin des lèvres charnues avant que, dans une sorte de spasme impatient, les dents s'y incrustassent.

La certitude lui vint qu'elle s'était trompée, qu'elle s'était conduite comme une sotte, pas même comme une enfant, mais comme une sotte, comme une sotte vieille fille qu'elle était, et elle eut honte.

Honte de cette lettre dont le mystère naïf ressemblait aux mystères dont s'amusent les écoliers.

Le Phoenix Robelini de droite

Et devant la tranquillité d'Antoinette, durant les jours qui avaient suivi l'envoi de la lettre, elle s'était perdue en conjectures ; elle avait pensé qu'elle n'avait pas reçu le billet, que peut-être elle ne connaissait pas le nom de la plante verte !

Qu'importait à Antoinette !

Dominique, tout à l'heure, avait cru porter un coup décisif – oui, il y avait de la méchanceté dans son geste ! – ou plutôt non, un sourd instinct de justice – de l'envie peut-être ? – qu'importe – tout à l'heure, comme une vieille fille en effervescence, elle avait griffonné un autre billet ; elle avait pensé être cruelle, labourer la chair du bout de sa plume.

Vous savez bien que vous l'avez tué !

Était-ce cela qu'elle avait écrit ? Non !

Vous avez tué votre mari. Vous le savez bien.

Est-ce qu'elle le savait ? Cela avait si peu d'importance ! Rien n'avait d'importance que cette chair vivante qui fuyait le divan éclairé en rose et qui, dans son immobilité, sous la quiète apparence d'une femme à sa fenêtre, n'était qu'un irrésistible élan vers la vie nécessaire.

Dominique, debout, pieds nus, cachée comme une coupable derrière un battant de la fenêtre, rougissait d'elle, qui n'avait rien compris, qui n'avait vu de ce qui se passait en face que les détails les plus apparents et les plus sordides, qui s'en était délectée, aujourd'hui encore, guettant les apparitions d'une belle-mère menaçante, les attitudes diplomatiques d'un beau-père ennuyé, l'abandon vulgaire d'Antoinette en présence d'êtres de sa race, les billets de banque qu'elle sortait furtivement d'un tiroir pour les passer à sa mère, et jusqu'à cette lumière tendre, cette chemise de nuit d'une soie trop riche, la cigarette qui se consumait dans le long fume-cigarette d'ivoire.

Attentive à la vie d'une autre, Dominique en oubliait de respirer pour son propre compte, son regard ardent fixé sur cette femme à sa fenêtre, sur ces yeux perdus dans le ciel ; elle y puisait une vie plus vibrante, une vie défendue ; elle sentait le sang battre dans ses veines, un vertige s'emparer d'elle, et soudain elle se jetait dans son lit, enfonçait son visage dans la mollesse de l'oreiller pour étouffer un cri d'impuissance qui déchirait sa poitrine.

Longtemps elle resta ainsi, roide, les dents serrées sur la toile que sa salive humectait, hantée par la sensation d'une présence.

« Elle est là… »

Dominique n'osait pas risquer un mouvement, n'osait pas se retourner, guettait le plus léger bruit qui mettrait fin à son supplice, lui apprendrait qu'elle était délivrée. Et ce fut longtemps plus tard, bien après que les Caille se furent endormis, chair à chair, le grincement prosaïque d'une espagnolette.

Elle put enfin soulever sa tête, se tourner à demi. Il n'y avait plus rien qu'une fenêtre close, la doublure terne des rideaux, un taxi qui passait, et alors seulement elle se laissa fondre dans le sommeil.

5

À quoi lui servirait d'appeler à l'aide ses fantômes familiers, qui ne seraient autour d'elle que comme des saints dont on doute, en qui on ne croit déjà plus, à qui pourtant on demande furtivement pardon ?

L'air est fluide, les objets sont à leur place, avec leur couleur, leur densité, leurs reflets, avec leur humilité rassurante, tous sont à portée de la main de Dominique, qui a voulu réduire son univers aux quatre murs d'une chambre, et, à cette heure-là, on pourrait dire que le monde visible au-delà du rectangle bleu pâle de la fenêtre, ce grand espace de fraîcheur matinale, où les moindres bruits font écho, lui appartient aussi, puisque la vieille Augustine n'est pas levée.

Dominique est pâle. Ses traits sont tirés. L'eau froide ni le savon n'ont pu effacer les traces des mauvaises heures passées dans le lit moite qui un peu plus tôt, à cinq heures du matin, quand les premiers pas ont résonné dans la rue, avait déjà repris, sous la stricte courtepointe, son aspect inoffensif d'objet de parade.

Pendant des années, pendant sa vie entière, Dominique a fait son lit dès son réveil, se hâtant, sans savoir pourquoi au juste, d'effacer autour d'elle ce qui pouvait rappeler la vie de la nuit. C'est ce matin seulement – elle s'est levée avec une douleur sourde dans la tête, une sensibilité exagérée des tempes –, c'est ce matin que cette manie l'a frappée ; son regard a cherché un autre objet rituel, le panier d'osier brun qui contient les bas à raccommoder et le gros œuf de bois verni.

Fugitivement, un air plus doux, presque sucré, l'a enveloppée, elle a senti la présence de sa mère ; avec un effort peut-être aurait-elle pu voir son visage allongé comme celui des Vierges des images pieuses, le sourire qui émanait d'elle sans être dessiné particulièrement par tel ou tel trait, sa main qui, dès qu'on sonnait à la porte, s'emparait du panier à bas pour le cacher dans une armoire.

« On ne montre pas aux gens ses bas percés. »

On ne leur montre pas non plus ces choses informes, d'une intimité trop évocatrice, que sont des bas roulés en boule ; jamais, pendant la journée, une porte entrouverte n'eût laissé entrevoir le pied d'un lit ou le marbre d'un lavabo livide comme une nudité.

Dominique avait beau fouiller ses souvenirs, elle n'y retrouvait pas celui de sa mère en négligé, ou en combinaison, ou seulement les cheveux non peignés.

Une phrase lui revenait et elle se rendait compte maintenant, à quarante ans, que cette phrase si simple en apparence avait étendu son influence sur toute son existence. Où avait-elle été prononcée ? Dominique avait une certaine peine à s'y retrouver dans les maisons jadis habitées, car partout elle avait vécu dans la même atmosphère ; les maisons des Salès se ressemblaient comme se ressemblent les hôtels d'une certaine classe : de grandes maisons claires – chose curieuse, partout, ou à peu près, il y avait un balcon –, des arbres proches, une place ou un boulevard, des quartiers habités par des médecins, des avocats, et l'écho proche des sonneries d'une caserne.

Un oncle était venu, qu'on ne voyait pas souvent. Quelques personnes étaient réunies dans le salon. Dominique avait peut-être quatorze ans. On ne l'avait pas encore envoyée se coucher. On parlait des chiens, de leur instinct.

— C'est uniquement à l'odeur qu'ils distinguent les gens. Je connais une vieille dame aveugle qui, dès que quelqu'un passe, se met à renifler, et aussitôt après elle dit un nom, sans jamais se tromper…

Mme Salès a eu ce sourire contraint, cet imperceptible mouvement de la tête qui lui est machinal quand une chose la contrarie. A-t-elle déjà deviné que Dominique lui demanderait :

— C'est vrai, maman, que les gens ont une odeur ?

— Non, chérie. Oncle Charles ne sait pas ce qu'il dit. Il n'y a que les gens qui ne se lavent pas qui sentent…

À quoi lui servirait l'ombre douce et mélancolique de cette mère, alors que Dominique épie les fenêtres closes derrière lesquelles Antoinette Rouet se saoule de sommeil ?

Tous les fantômes de Dominique sont de la même race, et tous les mots qui remontent du fond de sa mémoire.

— Les Cottron sont allés faire une cure à La Bour-
boule…

On ne cite pas le nom de la maladie, on n'évoque
pas la chair malade.

— La petite Mme Ralet vient d'avoir un enfant…

Le mot « accoucher » n'est pas énoncé pour pré-
ciser l'image ; tout se passe, toujours, dans un univers
en demi-teintes, où les êtres n'apparaissent que lavés,
peignés, souriants ou mélancoliques.

Il n'y a pas jusqu'aux noms propres qui ne soient
comme des totems ; on ne les prononce pas comme
des mots quelconques, comme les noms de gens de la
rue ; ils ont leur noblesse à eux, il y en a une dizaine
pas plus, qui ont accès dans ce vocabulaire, où se
rejoignent la famille de Brest, la famille de Toulon, le
lieutenant-colonel et l'ingénieur de la marine, les
Babarit, qui se sont alliés aux Lepreau et qui sont
ainsi entrés dans le cercle sacré par petit-cousinage
avec Le Bret.

Ces gens, pourtant, Dominique y pense
aujourd'hui, n'étaient pas riches. La plupart avaient
un petit bien.

— Quand Aurélie héritera de sa tante de
Chaillou…

Les Rouet, par exemple, avec leurs millions écra-
sants n'auraient pas eu accès dans le cercle enchanté,
rien de brutal ou de vulgaire n'y avait accès, rien de
cru, rien qui sentît la vie quotidienne.

C'était si vrai que, dix jours plus tôt encore, Dominique regardait vivre les gens d'en face avec une
curiosité méprisante. Elle s'occupait d'eux, parce que
leurs fenêtres étaient, du matin au soir, sous ses yeux,

comme elle s'occupait de la vieille Augustine, de la dame au petit garçon malade et même – Dieu sait si un abîme les séparait – des ignobles Audebal.

Mais ils ne lui étaient rien, ils étaient sans mystère. Des gens vulgaires qui avaient fait fortune dans les tréfileries – Rouet père avait fondé une des plus importantes tréfileries de cuivre – et qui vivaient comme ils étaient capables de vivre.

Qu'une Antoinette fût entrée dans la maison, c'était banal : un garçon de quarante ans, faible de constitution et de caractère, qui se laissait séduire par une dactylographe parce qu'elle était belle fille et qu'elle savait ce qu'elle voulait.

Voilà exactement sous quel angle simple et dur Dominique les avait observés pendant des années.

« *Elle* est encore sortie seule avec la voiture… *Elle* a une nouvelle toilette. *Son* nouveau chapeau est extravagant… »

Ou encore :

« *Il* n'ose rien lui dire… *Il* est impressionné par sa femme… *Il* se laisse conduire par le bout du nez… *Il* n'est pas heureux… »

Parfois elle les voyait, le soir, en tête à tête dans le boudoir, et on sentait qu'ils ne savaient que faire ni que dire. Hubert Rouet prenait un livre, Antoinette en prenait un de son côté, ne tardait pas à le rejeter ou à regarder par-dessus les pages.

— Qu'est-ce que tu as ?

— Rien.

— Qu'est-ce que tu voudrais faire ?

Ne comprenait-il pas qu'elle ne voulait, qu'elle ne pouvait rien faire *avec lui* ?

— Tu t'ennuies ?

— Non...

Alors, le plus souvent, elle rangeait ses robes, ses colifichets, ou s'accoudait à la fenêtre et regardait dehors, comme une prisonnière en attendant l'heure d'aller dormir.

Oui, il y a dix jours encore, Dominique aurait conclu simplement, comme sa mère l'eût fait, avec le léger sourire de ceux qui sont au-dessus de ces tentations :

— On ne peut pas être heureux quand on ne se marie pas dans son monde.

Le monde des Rouet était sans intérêt. Celui d'où sortait Antoinette n'existait pour ainsi dire pas.

— *Mais non, ma chérie, il n'y a que les gens qui ne se lavent pas qui ont une odeur.*

Et pourtant quand, vers neuf heures, Cécile vint ouvrir les rideaux et la fenêtre, quand elle eut posé le plateau du petit déjeuner sur le lit où Antoinette s'était adossée à l'oreiller, Dominique avait les narines palpitantes comme si, à travers la rue, il eût été possible de percevoir l'odeur de la jeune femme, qui s'étirait dans le soleil, gonflée de vie, les yeux et les lèvres gourmands, la chair reposée et tout alourdie encore de la volupté du sommeil.

Caille était parti de bonne heure pour la gare où il allait attendre ses beaux-parents et Lina faisait la dernière toilette de son logement, on l'entendait aller et venir en fredonnant de la chambre au salon, où persistait le parfum des bouquets.

Le facteur était passé à huit heures et quart. Antoinette allait recevoir la lettre, cette lettre dont

Dominique n'attendait plus rien, dont elle avait honte, comme quelqu'un qui, dans sa rage aveugle, a frappé avec une arme inoffensive sans seulement égratigner.

Pour un peu, tant elle était écœurée d'elle-même, elle n'aurait pas assisté à la scène. Elle fut tentée de choisir ce moment-là pour aller faire son marché. Elle était vide. Elle pataugeait, ainsi que dans des rêves imprécis qu'on fait, sur le matin, après une mauvaise nuit, et sa chambre lui semblait lamentablement terne, sa vie plus falote que la petite flamme jaune qui semble toujours devoir s'éteindre devant le tabernacle ; le souvenir de Jacques Améraud virait au gris et elle en voulait à la vieille et douce Mme Améraud, comme si celle-ci l'eût encouragée dans son renoncement.

Combien de fois, depuis que sa mère était morte, n'avait-elle pas entendu des dames du clan, des Angibaud, des Vaillé, des Chaillou, lui dire avec une égale onction :

— Votre mère, mon enfant, était une sainte !

Elle n'avait pas essayé d'éclaircir ces paroles. Pas plus que, petite fille, elle n'avait le droit de chercher le sens du sixième commandement, de prononcer – autrement que comme une incantation : *Luxurieux point ne seras de corps ni de consentement*.

Que s'était-il passé, vers sa sixième ou sa septième année, qui avait transformé l'atmosphère de la maison ? Ses souvenirs étaient imprécis, mais vivaces. Avant cette époque, il y avait des rires, de vrais rires autour d'elle ; elle avait entendu souvent son père siffler dans le cabinet de toilette, on sortait ensemble, le dimanche.

Puis sa mère avait été malade, elle avait gardé la chambre de longues semaines ; son père, devenu grave et furtif, était toujours retenu dehors par son service ou enfermé dans son bureau.

Jamais elle n'avait entendu la moindre allusion à l'événement qui s'était produit.

— Votre mère est une sainte…

Et son père était un homme ! Ce trait lui vint soudain, d'une évidence aveuglante. Son père avait une odeur. Son père sentait le tabac, l'alcool, le soldat.

Son père, en somme, depuis qu'elle avait sept ans, n'avait plus fait partie de la famille. Ce n'était plus lui, c'était seulement le lieutenant-colonel Salès, plus tard le général, qui appartenait au clan. Pas l'homme. Pas le mari.

Quelle terrible faute avait-il commise pour être ainsi mis au ban, pour que sa femme ne fût plus qu'une ombre de femme, une ombre de plus en plus effacée, qui avait fini par s'éteindre tout à fait en pleine jeunesse ? Qu'avait-il fait pour qu'elle, Dominique, ne l'eût jamais aimé, n'eût jamais été tentée de l'aimer, ne se fût jamais demandé pourquoi elle ne l'aimait pas ?

Rencontrant son propre regard dans la glace, elle n'essaya pas d'en adoucir la dureté ; elle eut conscience qu'elle était en train de réclamer des comptes à des fantômes, à tout ce qui, ombres rassurantes, souvenirs clairs, parfums d'autrefois, objets pieux, l'avait accompagnée dans sa solitude comme une musique assourdie.

100

En face d'elle, Antoinette bâillait, passait ses doigts dans ses cheveux lourds, caressait sa poitrine, puis, tournée vers la porte, disait sans doute :

— Qu'est-ce que c'est, Cécile ?

Le courrier. Avant de le lire, elle s'assit au bord du lit, chercha ses mules du bout de ses pieds nus, et son impudeur tranquille ne choquait plus Dominique, qui comprenait, qui l'eût voulue plus belle, plus prestigieuse encore, entrant, suivie de servantes, dans un bain de marbre.

Mme Rouet mère était à sa tour ; elle non plus ne se montrait jamais en négligé, paraissait surgir de la nuit toute cuirassée, les traits déjà durs, l'œil froid et lucide.

Antoinette bâillait encore et buvait une gorgée de café au lait, déchirait une enveloppe, posait une facture sur le lit, près d'elle, puis une autre lettre dont elle ne lut que les premières lignes.

Ce fut alors le tour du message de Dominique. Elle ouvrit l'enveloppe sans la regarder, lut les quelques mots, sourcilla comme si elle ne comprenait pas, puis, naturellement, d'un geste sans fièvre, ramassa l'enveloppe qui était tombée, froissée, sur la descente de lit.

Vous avez tué votre mari.
Vous le savez bien.

Comme Dominique aurait voulu la lui reprendre ! Combien les mots qui voulaient être vengeurs, cruels, étaient naïfs, l'arme bêtement inoffensive !

Elle avait tué son mari ? Peut-être. Même pas. Elle ne l'avait pas empêché de mourir.

101

Non, Antoinette ne le savait pas, ne le sentait pas, et la preuve, c'est qu'elle relisait le billet en cherchant à comprendre, restait un moment rêveuse, sans un regard aux fenêtres d'en face. Elle réfléchissait.

Qui avait pu lui faire cette méchanceté ?

Pas un regard non plus pour la cheminée, là où la plante verte – dire que Dominique avait cherché son nom exact dans un ouvrage de botanique ! – là où la plante verte se trouvait encore la veille !

Par contre, elle leva la tête. Ce fut vers le plafond qu'elle se tourna, vers la tour où sa geôlière se tenait en faction.

La vieille ?

Pourquoi lui aurait-elle écrit ?

Antoinette haussait les épaules. Ce n'était pas cela. Allait-elle se fatiguer à chercher davantage, se faire du mauvais sang ?

Laissant tomber le papier près des autres, elle s'en vint à la fenêtre pour respirer l'air de la rue, s'emplir les yeux de taches de soleil et de silhouettes en mouvement. Sans doute y pensait-elle encore un peu.

Non ! Ce n'était pas sa belle-mère. Certes, celle-ci était persuadée qu'elle avait tué son fils, mais pas comme ça, c'était un sentiment plutôt qu'une certitude, qu'un soupçon, le sentiment naturel d'une belle-mère envers la veuve détestée de son enfant.

Chose curieuse, Dominique eut peur que le regard d'Antoinette vînt à se poser sur sa fenêtre, sur elle, sur sa maigre silhouette trottinant dans une chambre dont elle avait soudain honte : alors elle alla fermer sa fenêtre, en évitant de se montrer.

La rumeur commença dans l'escalier, un étage plus bas, des accents joyeux, une grosse voix d'homme, un rire de femme, puis Albert Caille, très animé, qui tâtonnait avant de trouver le trou de la serrure, un émerveillement exagéré dont la vulgarité évoqua soudain pour Dominique les noces débraillées qu'on voit sortir des guinguettes.

Lina se précipitait, criait :

— Maman !

Elle devait rester longtemps dans les bras de sa mère, car la grosse voix du papa grondait drôlement :

— Alors, moi, je ne compte plus ?

Dominique ne voyait rien et pourtant elle se représentait une scène colorée, des couleurs brutales, des choses grosses, solides, un monsieur bien rasé, bien habillé, sentant l'eau de Cologne, tout fier d'être lui, un important entrepreneur de province, enchanté de venir voir pour la première fois sa fille mariée à Paris.

Lina jouait le jeu.

— Qu'est-ce que c'est ?

— Devine…

— Je ne sais pas… Donne…

— Quand tu auras deviné…

— Une robe ?

— On n'apporte pas de Fontenay-le-Comte une robe à une jeune madame qui habite Paris…

— La boîte est trop grande pour un bijou… Donne, papa…

Elle s'impatientait, trépignait en riant, criait à sa mère :

— Je te défends de farfouiller dans mes tiroirs... Albert ! Empêche maman de tripoter nos affaires... Allons, papa, sois gentil... Ah ! je savais bien que tu te laisserais faire... Où sont les ciseaux ?... Albert, passe-moi les ciseaux... C'est... Qu'est-ce que c'est ?... Attends... Un couvre-divan !... Viens voir, Albert !... Juste le rose que j'aime... Merci, papa... Merci, maman...

Pourquoi la mère se mettait-elle à parler bas ? Parce qu'on parlait de la propriétaire, sans doute. Où est-elle ? Que fait-elle ? Comment est-elle ? Se montre-t-elle gentille avec vous ?

Des chuchotements lui répondaient. Dominique aurait juré que le père avait retiré son veston, que les manches de sa chemise immaculée faisaient deux taches éblouissantes dans la chambre.

Ceux-là non plus n'étaient pas des gens du clan. Leur exubérance choquait Dominique dans ses fibres les plus intimes, les plus « Salès-Le Bret », mais elle retrouvait néanmoins certains points de contact surtout dans le chuchotement de la maman qu'elle imaginait petite, un peu grasse, vêtue de soie noire, avec deux ou trois bijoux qu'elle ne portait qu'aux grandes occasions.

Rapidement, elle changea de toilette, passa sa meilleure robe, s'assura d'un regard que rien ne traînait autour d'elle, et un réflexe lui fit regarder la photographie de son père en grande tenue de général, avec ses décorations suspendues au cadre.

Un autre coup d'œil, par-delà la rue, à travers les vitres et la mousseline des rideaux, un regard vers Antoinette, pour lui demander pardon.

Les chuchotements n'étaient plus dans la chambre, mais dans le salon. On toussa. On frappa légèrement à la porte.

— Excusez-moi, mademoiselle... Je suis la maman de Lina...

Elle était petite, vêtue de soie noire comme Dominique l'avait pensé, plus sèche seulement, plus leste, une de ces femmes qui passent leur vie à monter et à descendre les escaliers d'une trop grande maison de province à la poursuite du désordre.

— Je vous dérange peut-être ?

— Pas du tout, je vous assure. Donnez-vous la peine d'entrer.

Les mots venaient d'eux-mêmes, de très loin, et l'attitude un peu réservée, le sourire exagéré, avec cependant cette teinte de mélancolie, d'indulgence aussi, qui est de mise quand il est question d'un jeune ménage.

— Je tenais à vous remercier de la gentillesse dont vous faites preuve vis-à-vis de ces enfants... Il faut que je vous demande s'ils ne vous dérangent pas trop... Je les connais, vous comprenez ! À leur âge on ne pense pas souvent aux autres...

— Je vous assure que je n'ai pas à m'en plaindre...

La porte était restée ouverte. Le salon était vide, les fleurs figées à leur place, et Dominique aurait parié que Lina regardait son mari en refrénant son envie de pouffer...

— Maman est chez le dragon...

Peut-être avaient-ils discuté à voix basse avant de faire cette démarche ?

— Vas-y seule, maman... Je te jure qu'il est préférable que tu y ailles seule... Moi, je ne pourrais pas garder mon sérieux...

— Viens avec moi, Jules...

— Mais non voyons... Il vaut mieux que cela se passe entre femmes...

On l'avait regardée partir... Ils étaient tous les trois à écouter... Tout à l'heure, la mère leur raconterait que Dominique avait mis sa meilleure robe pour la recevoir...

— Asseyez-vous, je vous en prie...

— Je ne reste qu'un instant... Je ne voudrais pas vous déranger... Nous aurions préféré voir les enfants installés dès maintenant... C'était d'autant plus naturel que mon mari est fabricant de meubles... Ils ne l'ont pas voulu... Ils prétendent qu'ils préfèrent bien connaître Paris d'abord, choisir leur quartier... Mon gendre a sa situation à faire... Il réussit déjà fort bien pour son âge... Vous avez lu ses articles ?...

Dominique, qui n'ose pas dire oui, baisse la tête dans un geste affirmatif.

— Nous sommes heureux, mon mari et moi, qu'ils soient chez une personne comme vous... Pour rien au monde je n'aurais voulu les savoir à l'hôtel, ou dans une pension quelconque...

Un coup d'œil au portrait aux décorations.

— C'est monsieur votre père ?

Le même mouvement affirmatif de la tête, avec ce rien d'orgueilleuse humilité qui sied à la fille d'un général.

106

— J'espère que vous ne nous en voudrez pas si nous nous sommes permis, mon mari et moi, de vous apporter un petit souvenir, en gage de remerciement, mais si, de remerciement pour ce que vous faites pour les enfants…

Elle n'a pas osé se présenter avec le paquet à la main, elle va le chercher sur la table du salon : Dominique devine qu'il n'a pas été apporté pour elle. Ils en ont discuté à voix basse, dans la chambre.

— Il vaut mieux la lui donner… Je vous en enverrai une autre…

C'est une petite lampe de chevet en albâtre, qu'ils ont prise dans leur magasin, car ils font aussi la décoration.

— Une chose bien modeste…

Elle ne sait plus que dire. Elle a eu le temps de jeter deux ou trois coups d'œil autour d'elle. Elle a tout vu. Elle sourit à nouveau.

— Encore merci… Je ne vous retiendrai pas davantage… Nous ne sommes à Paris que jusqu'à demain soir et nous avons tout à visiter… Au revoir, mademoiselle… Si les enfants font trop de bruit, s'ils ne sont pas sages, n'hésitez pas à leur faire des remontrances… Ils sont si jeunes !

C'est tout. Elle est seule. Un silence, à côté, où la mère a rejoint la famille. Plus avertie que sa fille, elle a repéré la porte de communication ; elle a dû poser un doigt sur ses lèvres. Lina retient le rire qui voudrait fuser ; un temps, pendant lequel ils se font une voix normale, puis la mère parle haut exprès.

— Si nous profitions de ce qu'il ne fait pas encore trop chaud pour aller visiter le Zoo de Vincennes ?

Le charme est rompu. Ils parlent tous à la fois, s'apprêtent dans le brouhaha, le bruit gagne le salon, s'éloigne vers la porte à deux battants, faiblit dans l'escalier.

Dominique est seule, et machinalement, elle retire sa robe, allume le gaz qui fait pouf ; la fenêtre est fermée, on ne peut pas la voir, et elle reste en combinaison, comme par défi.

Par défi contre qui ?

Contre eux – ils s'appellent Plissonneau – qui se sont harnachés pour venir voir leur fille à Paris ?

Encore un mariage qui n'a pas dû aller tout seul. Les Plissonneau sont plus qu'à leur aise. Albert Caille est le fils d'un agent de police. Il place de temps en temps un article ou un conte dans les journaux, mais est-ce une situation ? Rien que la façon dont Mme Plissonneau en a parlé...

Pourquoi reste-t-elle à moitié nue, sciemment, en se regardant chaque fois qu'elle passe devant l'armoire à glace ? Est-ce Antoinette qui ne s'occupe pas d'elle, qui ignore sans doute son existence, qu'elle veut défier ?

Sont-ce ses fantômes, qu'elle n'évoque plus qu'avec un regard amer comme s'ils l'avaient indignement trompée ?

N'est-ce pas elle-même, plutôt, qu'elle défie, en laissant paraître dans le jour cru la peau pâle de ses jambes et de ses cuisses, ses épaules sans rondeurs, son cou, qu'encadrent deux salières ?

« Voilà comme tu es, Nique ! Voilà ce que tu es devenue ! »

Nique ! On l'a appelée Nique ! Ses tantes, ses cousines l'appellent encore ainsi dans leurs lettres. Car on s'écrit de temps en temps, au nouvel an, à l'occasion d'un mariage, d'une naissance ou d'un deuil. On se donne des nouvelles les uns des autres ; on emploie des prénoms qui n'évoquent que des enfants, bien qu'ils s'appliquent maintenant à des grandes personnes.

Henri a été nommé à Casablanca et sa femme se plaint du climat. Tu te souviens de la petite Camille, qui avait de si beaux cheveux. Elle vient d'avoir son troisième enfant. Pierre est inquiet, car elle n'a pas beaucoup de santé et elle ne veut pas se soigner. Il compte sur tante Clémentine pour lui faire comprendre que dans son état…

Nique ! Nique et son long nez de travers, dont elle a tant souffert !

Il y a longtemps qu'elle n'est plus Nique que dans ces lettres qui emplissent un tiroir à l'odeur fade.

Tiens ! Elle n'avait jamais remarqué sur ses cuisses – elle ne pense pas le mot cuisses, on dit jambes, depuis les talons jusqu'à la ceinture – elle n'avait jamais remarqué ces fines lignes bleues qui ressemblent aux rivières sur des cartes de géographie. Est-ce que tante Géraldine, la sœur de sa mère – elle a épousé un ingénieur au service des poudres et ils ont une villa à La Baule – est-ce que tante Géraldine ne se plaignait pas de ses varices ?

Elle va pleurer. Non, elle ne pleurera pas. Pourquoi pleurerait-elle ? C'est elle qui l'a voulu. Elle est restée fidèle à son serment, fidèle à Jacques Améraud.

Elle n'y croit plus. Est-ce vrai qu'elle n'y croit plus ? Ce n'est pas possible d'éplucher des pommes de terre et de gratter des carottes en combinaison. Il faut qu'elle s'habille.

Pas avant de s'être postée derrière le rideau de la fenêtre, pas avant d'avoir plongé le regard en face, où, dans la chambre en désordre, dans la chambre qui sent la femme, qui sent tous les désirs de femme, Antoinette s'est recouchée, non dans les draps, mais dessus.

La tête sur les coussins, elle lit un livre à couverture jaune, qu'elle tient à hauteur de ses yeux. Une jambe pend du lit jusqu'à la carpette, et une main, machinalement, caresse son flanc à travers la soie de la chemise.

— Qu'est-ce que c'est, Cécile ?

Cécile voudrait bien commencer à faire la chambre, comme dans toutes les maisons où on voit la literie s'aérer sur le rebord des fenêtres.

Qu'importe à Antoinette ?

— Fais...

Elle lit toujours. On secoue les tapis autour d'elle, on range, Cécile trotte menu, roide et méprisante ; elle ira le raconter au dragon de la tour. Est-ce une vie ?

Antoinette se contente de changer de place, de s'installer dans la bergère, quand il faut décidément faire le lit.

Dominique n'est pas encore descendue pour son marché. Elle a toujours mal à la tête. Elle passe sa robe raccommodée, met son chapeau, qui date de quatre ans, qui n'est d'aucune mode, qui sera bientôt un chapeau anonyme de vieille fille ; elle cherche son sac à provisions.

Il fait lourd. C'est peut-être aujourd'hui que l'orage éclatera enfin. Le soleil est voilé, le ciel plombé. La concierge lave le porche à grande eau. En passant devant un petit bar, quelques maisons plus bas, tenu par des Auvergnats à qui elle achète son bois, Dominique reçoit au visage une forte odeur de vin ; elle entend l'homme au visage noir qui parle avec son accent sonore ; elle aperçoit, dans une obscurité de cave où ne brille que l'étain du comptoir, des maçons en blouse qui bavardent, le verre à la main, comme si le temps avait suspendu son cours.

Jamais elle n'a plongé le regard dans cet endroit, devant lequel elle est passée si souvent, et l'image se grave dans sa mémoire, avec son odeur, l'épaisseur de l'air, l'ombre bleutée des recoins, la toile écrue des blouses des maçons, du violacé au fond des verres épais. Les moustaches de l'Auvergnat se confondent avec le charbon de son visage, où les yeux se dessinent en blanc, et sa voix sonore poursuit Dominique dans la chaleur de four de la rue aux grands pans de murs gris, aux fenêtres ouvertes, au bitume qui fond sous les fracassants autobus vert et blanc dont le receveur tire la sonnette.

Elle lit vaguement : *Place d'Iéna…*

Place d'Iéna ?… Elle fronce les sourcils, s'arrête un instant au milieu du trottoir. Un gamin qui court la bouscule. Place d'Iéna ? L'autobus est loin… Elle serre son porte-monnaie dans sa main… Elle a rêvé, en pleine rue, elle s'éveille, passe de l'ombre au soleil, franchit le seuil de la charcuterie Sionneau, où elle va acheter une côtelette.

— Pas trop épaisse… Dans le filet…

Elle évite les glaces qui la cernent tout autour du magasin, et la vue d'un tas de hachis sur un plat livide où du sang rose a coulé lui donne un haut-le-cœur.

DEUXIÈME PARTIE

1

En bordure du rond-point des Champs-Élysées, au coin de la rue Montaigne, il y avait un confiseur, ou un chocolatier ; tout le rez-de-chaussée était extérieurement recouvert de marbre noir, uni, cornme un tombeau ; trois vitrines se découpaient, sans encadrement, où, dans la peluche blanche, on ne voyait rien, que deux ou trois boîtes de bonbons ou de chocolats, les mêmes, mauve et argent.

Après, c'était fini, la rue Montaigne n'était plus qu'une sorte de canal luisant sous la pluie entre les murs noirs des maisons. Il n'y avait personne, il n'y avait rien, sinon, au premier plan, une charrette à bras, brancards en l'air, qui se reflétait dans le miroir mouillé de l'asphalte, et, très loin, à proximité du faubourg Saint-Honoré, l'arrière violacé d'un taxi en stationnement.

Là-dessus, l'eau tombait avec un bruissement continu, de grosses gouttes se détachaient des corniches ; des gouttières se dégorgeaient de distance en distance sur le trottoir et une haleine glacée s'exhalait des porches.

Pour Dominique, la rue Montaigne avait, aurait toujours une odeur de parapluie, de serge bleu marine mouillée ; elle se verrait éternellement à la même place, sur le trottoir de gauche, à cinquante mètres du rond-point, devant une étroite vitrine – la seule de la rue, avec la confiserie du coin – où s'entassaient des pelotes de laine à tricoter.

On se moquait d'elle, elle le savait, on ne s'en cachait pas. De temps en temps, elle levait son nez un peu trop long, un peu de travers, lançait un regard tranquille à ces fenêtres en demi-lune de l'entresol du 27.

Quatre heures avaient sonné un peu plus tôt. On était en novembre. Ce n'était pas encore la nuit. On ne pouvait pas non plus parler de crépuscule. La grisaille qui avait régné toute la journée devenait plus épaisse, le gris plus sombre ; le ciel, au-dessus de la rue, restait faiblement lumineux ; çà et là, dans les maisons, les lampes s'étaient allumées ; deux gros globes blancs brillaient dans l'entresol aux fenêtres en demi-lune, où elles étaient vingt, vingt-cinq, peut-être davantage, toutes filles de quinze à vingt ans, toutes en blouse grise, à travailler le carton, collant, pliant, se passant les boîtes l'une à l'autre le long de deux longues tables, se tournant parfois vers la rue et éclatant de rire en se montrant la silhouette de Dominique sous son parapluie.

C'était la quatrième, non, la cinquième fois qu'elle attendait de la sorte, et qui aurait pu croire que ce n'était pas pour son compte qu'elle attendait ? Ces filles, en la voyant stationner un quart d'heure, une demi-heure puis s'éloigner seule, devaient penser qu'il ne venait pas, qu'il ne venait, ne viendrait jamais, et cela les mettait en joie.

Pourquoi, aujourd'hui, au moment de franchir le rond-point, à l'instant de découvrir la perspective froide et mouillée de la rue Montaigne qui avait l'air de s'égoutter, Dominique avait-elle eu le pressentiment que c'était fini ? Maintenant, elle en était presque sûre. Antoinette l'avait-elle senti, elle aussi ? Pourquoi se raccrochait-elle à l'espoir, alors qu'il était déjà quatre heures vingt ?

Comme les dernières fois, c'était Dominique qui avait été prête la première. Elle ne craignait plus le ridicule. Elle était debout, chez elle, vêtue de son tailleur bleu marine, chapeautée, avec déjà ses gants, son parapluie sur une chaise à portée de la main. Depuis que les fenêtres étaient toujours fermées, il fallait plus d'attention, parfois de la divination, pour comprendre les allées et venues de la maison d'en face, mais Dominique en était arrivée à si bien la connaître !

Antoinette avait déjeuné là-haut, chez ses beaux-parents, comme elle le faisait depuis que la famille était rentrée de Trouville. Elle était gentille avec eux, vivait presque entièrement avec eux.

Tous les mercredis, tous les vendredis, il lui fallait inventer un prétexte. Qu'est-ce qu'elle avait dit ? Qu'elle allait chez sa mère, dans ce grand immeuble de la rue Caulaincourt dont les fenêtres donnaient à pic sur le cimetière ? Sans doute, car elle avait téléphoné, en tenant la main devant la bouche pour étouffer sa voix pour n'être pas entendue d'en haut. Elle avait profité d'un moment où Cécile était sortie.

— C'est toi, maman ? J'irai te dire bonjour cet après-midi… Enfin, tu me comprends… Oui… Mais oui, heureuse !… (Son sourire, pourtant, était un peu voilé.) Mais oui, maman, je fais très attention… Au revoir, maman… À un de ces jours, oui…

À table, chez les Rouet, elle avait dû se montrer gaie. Elle faisait tout ce qu'il fallait. Souvent elle passait des heures en tête à tête avec sa belle-mère, comme pour payer la liberté de ses mercredis et de ses vendredis.

À trois heures et demie, elle n'était pas encore descendue et il n'y avait de prête que Dominique. Mme Rouet avait-elle essayé de la retenir ? Trois heures quarante… Trois heures quarante-cinq… Enfin elle surgissait pressée, fébrile, s'habillait avec des mouvements rapides, saccadés, des regards anxieux à l'horloge, mettait son manteau de soie noire, ses renards argentés ; dans l'escalier, elle devait remonter quelques marches pour prendre son parapluie oublié.

Elle était dehors. Dominique la suivait, elle longeait le trottoir de l'avenue Victor-Emmanuel, sans s'arrêter, sans se retourner, le parapluie un peu penché à cause du courant d'air qui sévit toujours dans cette avenue. Elle retrouvait sa rue Montaigne. Est-ce que, pour elle ainsi que pour Dominique, la rue Montaigne avait cessé d'être une rue comme une autre ?

Pour Dominique, en tout cas, cette rue avait un visage, une âme, et cette âme, aujourd'hui, s'était tout de suite révélée froide, avec quelque chose de funèbre.

Bien vite, à vingt mètres à droite, d'un geste machinal, Antoinette avait tourné le bec-de-cane d'une porte voilée d'un rideau crème ; elle était entrée dans le bar au-dessus duquel, placée trop haut, pendait une enseigne où on lisait en lettres d'un blanc cru : *English Bar*.

Il n'était pas arrivé, sinon ils seraient sortis aussitôt. Dominique n'avait fait qu'entrevoir, tout près de la porte, le haut comptoir d'acajou, les gobelets en argent, les petits drapeaux dans des verres, les cheveux roux de la propriétaire.

Il n'y avait personne, à part Antoinette qui devait se repoudrer machinalement en confiant à la patronne complice :

— Il est encore en retard !

Le petit bar était toujours vide, si discret qu'on pouvait passer dix fois devant sans soupçonner son existence ; derrière le rideau épais, il n'y avait que trois tables sombres, où il semblait que des femmes comme Antoinette se relayassent pour attendre, car elles ne se trouvaient jamais ensemble.

Les minutes passaient ; les filles, dans l'atelier de cartonnage, sous les globes dépolis, épiaient toujours Dominique, qui attendait, et la plaignaient ironiquement.

Dominique était sans honte. Elle n'avait plus honte vis-à-vis d'elle-même et quand, à travers la vitrine encombrée de pelotes de laine, une vieille dame la regardait trop fixement, elle se contentait de faire deux ou trois pas sous son parapluie, sans essayer de ne pas avoir l'air d'une femme qui attend.

Au début, tout de suite après Trouville, il était là le premier. La toute première fois, Antoinette n'avait pas eu besoin d'entrer. Il guettait, écartant de la main le rideau de la porte. Il était sorti, avait murmuré quelques mots en observant les deux bouts de la rue, puis avait marché devant, elle l'avait suivi à quelques pas ; ils rasaient le mur, tous les deux, et, un peu avant d'atteindre le faubourg Saint-Honoré, l'homme s'était retourné à demi avant de s'engouffrer dans le portail d'un hôtel.

Les montants de la porte à deux battants étaient blancs. Une plaque de marmorite annonçait : *Hôtel de Montmorency – Tout confort*. On voyait un tapis rouge dans le porche, des palmiers en caisses ; on recevait, en passant, des bouffées chaudes de chauffage central, l'odeur fade des hôtels d'habitués. Antoinette entrait à son tour. Un peu plus tard, un valet de chambre fermait les rideaux d'une fenêtre du premier étage, une faible lumière brillait derrière ces rideaux, et c'était désormais le silence ; il ne restait dans la rue que Dominique, qui s'éloignait, la gorge serrée, la peau moite.

Le moment était venu bientôt où Antoinette marchait la première, en sortant du petit bar. Elle marchait vite. Était-ce par crainte d'être rencontrée ? Par honte ? Pour s'enfoncer plus tôt dans la chaleur de la chambre aux tentures d'un rouge sombre où elle avait déjà ses habitudes ?

Peut-être, aujourd'hui, faisait-elle ses confidences à la femme rousse de l'*English Bar*, car elle était de celles qui peuvent dire leurs angoisses à une autre femme, à une femme comme celle-là, sachant tout, comprenant tout, surtout dans ce domaine.

— J'aurais cru qu'il laisserait au moins un mot. Vous êtes sûre qu'il n'y a rien ? Il a été convenu qu'au cas où il serait retenu ailleurs il déposerait une lettre en passant... Peut-être a-t-il téléphoné, et Angèle a-t-elle pris la communication ?

Elle connaît déjà le nom de la bonne qui remplace parfois sa patronne au bar.

Sur l'étagère, il y a trois ou quatre lettres debout entre des verres ; les enveloppes ne portent que des prénoms : Mademoiselle Gisèle ; Monsieur Jean...

On entend la pluie qui tombe, et parfois le bruissement est un peu plus fort ; les gouttes, sur le bitume luisant, rebondissent plus haut ; il fait plus noir ; une loge de concierge s'éclaire, une autre lampe à un étage ; quelqu'un s'approche, mais pénètre dans une maison avant d'atteindre l'*English Bar*.

Il ne viendra pas, Dominique en est sûre. Elle pourrait s'en aller, mais elle a besoin de rester, sa main droite est crispée sur le manche de son parapluie ; elle est toute pâle dans la mauvaise lumière, et les filles de la cartonnerie doivent lui trouver piètre mine.

Peu importe. Elle n'a plus peur de ces regards qui émanent des maisons, ni des vies qu'on découvre en regardant par les portes ou par les fenêtres. Son attitude calme est un défi. Elle ne craint pas de passer pour une amoureuse, pour une amoureuse qu'on va délaisser, et même sans le vouloir, elle en prend l'attitude mélancolique, en mime l'anxiété, tressaille quand quelqu'un tourne le coin de la rue.

Antoinette boit quelque chose avec une paille, regarde l'heure à la petite horloge posée sur l'étagère, compare avec celle de son bracelet-montre.

Quatre heures et demie. Quatre heures trente-cinq. Elle s'était promis d'attendre un quart d'heure, puis une demi-heure. Elle décide :

— Encore cinq minutes…

Elle se poudre à nouveau, étend du rouge sur ses lèvres.

— Si par hasard il venait, vous lui diriez…

Il semble que Dominique sente qu'elle va sortir, que des liens invisibles unissent les deux femmes. Elle abandonne son poste devant l'étalage de laines à tricoter, accorde un dernier regard aux fenêtres en demi-lune. Riez, mesdemoiselles, petites imbéciles que vous êtes : il n'est pas venu !

Et Dominique est tout près de la porte du bar quand celle-ci s'ouvre, quand Antoinette sort, si fébrile qu'elle est un moment sans parvenir à ouvrir son parapluie.

Leurs yeux se rencontrent. Une première fois, Antoinette n'a vu qu'une femme quelconque qui passait. Elle a regardé à nouveau, comme si quelque chose l'avait frappée. A-t-elle reconnu le visage entrevu parfois à une fenêtre ? Ou bien est-elle étonnée de voir sur un autre visage de femme comme le reflet du sien ? Les yeux cernés de Dominique semblent lui dire :

« Il n'est pas venu, je sais, je le prévoyais, il ne viendra plus. »

Cela n'a duré que quelques secondes. Est-ce que cela a duré de vraies secondes ? Au coin du rond-point, elle espère encore, marque un temps d'arrêt devant les boîtes mauve et argent de la confiserie ; un taxi passe, l'éclabousse, elle espère que la voiture va s'arrêter, mais elle continue son chemin, et Antoinette repart, quitte la rue déserte, où, tout au bout, s'ouvre le porche blanc d'un hôtel, avec un tapis rouge, des palmiers, une chaleur qui a déjà le goût des corps qu'on dénude derrière les rideaux clos.

Sa démarche est saccadée. Elle va appeler un taxi, se ravise, s'engage dans les Champs-Élysées. Elle s'arrête pour laisser passer une file de voitures. Un grand café. Un orchestre. Elle glisse entre les tables, gagne le sous-sol dans un murmure de conversations. Il y a des gâteaux, du chocolat, des théières en argent sur les guéridons, beaucoup de femmes ; certaines sont seules et attendent comme elle attendait tout à l'heure ; elle se laisse tomber dans un coin, sur une banquette de cuir vert, et, d'un geste machinal, rejette ses renards en arrière.

— Un thé… De quoi écrire…

Son regard retrouve Dominique, qui s'est assise non loin d'elle, comme incapable de rompre le charme qui les attache l'une à l'autre ; ses sourcils se froncent ; elle fait un effort de mémoire.

Pense-t-elle aux deux billets anonymes qu'elle a reçus jadis ? Non. Peut-être se demande-t-elle un instant si sa belle-mère la fait suivre ? Mais non ! Ce n'est pas possible. Elle hausse les épaules. Peu importe ! Elle est pâle. Elle ouvre son sac, décapuchonne un stylo en or. Elle va écrire. Les mots étaient prêts, et voilà qu'elle ne trouve plus rien, promène autour d'elle des yeux qui ne voient pas.

Soudain elle se lève et se dirige vers les cabines télé-phoniques, réclame un jeton de téléphone, reste un moment dans le silence d'une des cabines où on l'aperçoit à travers le losange vitré.

Où a-t-elle appelé ? Chez lui ? Non ! Plutôt dans un bar où il fréquente, plus haut dans ces mêmes Champs-Élysées. Elle doit dire un prénom.

Il n'est pas là. Elle sort pour demander un autre jeton, lance à Dominique un coup d'œil où se lit quelque agacement.

Non ! Il n'est pas là non plus. Si bien que, laissant son thé refroidir, elle écrit. Elle déchire sa lettre, recommence. Elle a dû lui adresser d'abord des reproches. Maintenant, elle supplie, se fait trop humble, cela se lit sur son visage ; elle mime sa lettre, elle va pleurer, déchire encore. Ce qu'il faut… Un petit mot sec, indifférent… La plume devient plus pointue, les lettres plus hautes… Un petit mot qui…

Elle lève la tête parce qu'une silhouette masculine passe devant elle et qu'une seconde elle a eu le fol espoir que c'était lui. L'inconnu est grand, lui aussi, il porte le même pardessus très long, d'une coupe élé-gante, le même chapeau de feutre noir. Il y a, aux Champs-Élysées, quelques centaines d'hommes qui sont habillés pareillement, marchent de la même manière, ont les mêmes gestes, le même coiffeur ; mais ce n'est pas lui, son long visage pâle, ses lèvres minces au sourire si particulier.

Pourquoi Dominique l'a-t-elle, dans son esprit, appelé l'Italien ? Elle jurerait qu'il est italien. Non pas un Italien pétulant ou langoureux comme on se les représente. Un Italien aux dehors froids, aux gestes mesurés.

— Garçon !

C'est un pneumatique qu'elle a écrit en fin de compte. Elle le colle du bout de la langue.

Le garçon appelle à son tour :

— Chasseur !

Il fait clair, il fait chaud, l'air est bruissant de voix, de musique, des chocs de verres et de soucoupes ; tous les visages sont roses à cause de l'éclairage, et on n'imagine pas qu'il pleut dehors, que la rue Montaigne a de plus en plus l'air d'un canal, sans personne sur le long reflet d'eau, tandis que les lampes électriques s'allument de proche en proche sur les bords.

Antoinette n'a plus rien à faire. Elle ne peut pas rentrer déjà. Elle regarde autour d'elle, croit reconnaître une jeune femme en brun qui tient un petit chien sur les genoux ; elle commence de sourire, la femme l'observe sans comprendre, et Antoinette s'aperçoit qu'elle s'est trompée, qu'il n'y a qu'une vague ressemblance ; elle reprend contenance en buvant une gorgée de thé, qu'elle a oublié de sucrer.

Sent-elle toujours la présence de Dominique, ses yeux fixés sur elle, si ardents qu'elle devrait en percevoir le fluide ? Elle est longtemps sans se tourner de son côté, puis, après un coup d'œil furtif, son regard revient, interrogateur.

Elle est trop désemparée pour être fière.

« Pourquoi, semble-t-elle demander, pourquoi êtes-vous ici ? Pourquoi est-ce vous qui paraissez souffrir ? »

Et Dominique frémit des pieds à la tête ; elle vit cette heure amère avec autant d'intensité, sinon plus, qu'Antoinette ; elle apprécie l'ironie de cette musique, de cette foule, alors que ce qui était prévu, c'était l'intimité chaude de la chambre du premier, dont la banalité elle-même est une séduction de plus.

Antoinette a vécu à Trouville. Un beau jour, Dominique a découvert qu'on bouclait des malles aux deux étages à la fois. Tout le monde est parti le soir, avec Cécile et la domestique des parents Rouet ; on a fermé les volets. Pendant des semaines, Dominique n'a eu devant les yeux que ces volets clos.

Elle n'avait même plus, près d'elle, les échos de la vie des Caille, car ils étaient partis, eux aussi, passer quelques semaines dans une petite villa que les Plissonneau avaient louée à Fouras.

Les Caille lui ont envoyé une carte postale terne, mal imprimée représentant quelques pavillons pauvres derrière une dune, et ils ont tracé une croix sur un de ces pavillons.

Elle ne connaît pas la propriété des Rouet ; elle n'a vu Trouville qu'une fois, pendant quelques heures, quand elle était jeune et qu'on portait encore des maillots de bain rayés. Elle ne peut pas l'imaginer. Elle sait seulement qu'ils sont en deuil, qu'ils ne peuvent donc se mêler à la joie des vacances.

Pendant un mois, Dominique a gravité à vide dans sa solitude, prise parfois d'une telle angoisse qu'elle avait besoin de se frotter à la foule, à n'importe quelle foule, celle de la rue, des grands boulevards, des cinémas. Elle n'a jamais autant marché de sa vie, à en avoir mal au cœur dans le soleil, devant les terrasses, dans des rues calmes comme des rues de province, où elle enfonçait son regard dans les fenêtres, trous d'ombre des maisons.

Là-bas, Dieu sait comment, Antoinette faisait la connaissance de l'Italien. On l'avait emmenée hostile, inerte, comme un otage. Elle suivait ses beaux-parents à contrecœur, n'osant pas les heurter de front, pensant au jour où elle serait libre.

Et voilà qu'au retour on aurait pu croire qu'elle était leur fille. Dès la rentrée, à cause de l'habitude de Trouville, où ils vivaient en famille, elle prenait ses repas en haut ; on faisait en quelque sorte ménage commun, et, quand ce n'était pas Antoinette qui montait l'après-midi, c'était Mme Rouet qui descendait, sans que sa canne eût l'air de menacer.

Il n'avait pas fallu trois jours à Dominique pour comprendre. À onze heures, chaque matin, elle avait aperçu un homme qui passait et repassait plusieurs fois. Et, derrière la fenêtre, le doigt d'Antoinette faisait :

— Non… Pas aujourd'hui… Pas encore…

Il fallait d'abord organiser la vie de Paris, il fallait prévenir sa mère. La première sortie avait été pour la rue Caulaincourt. Une Antoinette exubérante, épanouie, qui devait lancer son chapeau dans la salle à manger, se laisser tomber dans un fauteuil :

— Écoute, maman… Il y a du nouveau… Il faut que je te raconte… Si tu savais…

Rue Caulaincourt, on parle librement, on s'ébroue, on se tient n'importe comment, on donne le champ libre à ses humeurs. On est chez soi ; les filles et leur mère sont de la même race.

— Si tu savais quel homme c'est !... Alors, tu comprends, je file doux, je fais la cour à la vieille, je passe des après-midi à coudre auprès d'elle... Il me faut au moins deux après-midi de libres par semaine... Je serai censée venir te voir...

Elle a couru les magasins, acheté de nouvelles toilettes qu'elle a choisies assez sobres, à cause de la vieille.

Un jour enfin le doigt, derrière la fenêtre, a dit :

— Oui...

Puis il a précisé :

— Quatre... quatre heures...

Antoinette a chanté. Elle est restée une heure enfermée dans la salle de bains. Elle a dû se montrer trop gaie à table, à moins que, pour mieux les tromper, elle n'ait simulé l'abattement.

Elle vit. Elle va vivre. Elle a commencé à vivre. Son âme, sa chair sont satisfaites. Elle va le voir, être seule avec lui, nue contre lui. Elle va vivre l'unique vie qui vaille d'être vécue.

Elle en trébuche sur le bord du trottoir, néglige de regarder derrière elle. Au coin de la rue Montaigne, elle cherche ; elle ne connaît pas encore le petit bar dont on lui a donné l'adresse ; une main soulève le rideau, la porte s'ouvre, un homme marche, elle le suit, disparaît derrière lui, happée par le porche tiède de l'hôtel.

Les jours, depuis, ont raccourci. Les premières fois, du soleil traînait encore par les rues.

Maintenant, dans les maisons, les lampes sont allumées et quand, la semaine précédente, Antoinette est sortie de l'*Hôtel de Montmorency*, quelques instants avant son compagnon, et qu'elle a hélé un taxi, au coin de la rue, pour franchir les quelques centaines de mètres qui la séparent de chez elle, il faisait tout à fait nuit.

C'est fini. Il ne viendra plus. Dominique a la certitude qu'il ne reviendra plus. La dernière fois, ils sont demeurés tous les deux un quart d'heure dans le petit bar. Pourquoi ? Sinon parce qu'il lui expliquait qu'il ne pouvait pas rester avec elle ce jour-là, qu'une affaire réclamait sa présence ailleurs et qu'elle devait supplier :

— Rien que quelques minutes…

Ils sont assis dans le coin près de la fenêtre. Le bar est si exigu qu'il faut parler bas. Pour ne pas les gêner, la propriétaire descend par l'escalier en colimaçon qui s'amorce derrière le comptoir et conduit à la cave transformée en cuisine. Ils chuchotent, se tiennent la main. L'homme est ennuyé.

— Rien que quelques minutes !…

Elle a conscience qu'elle le perd, elle se refuse à le croire. Il se lève.

— Vendredi ?

— Impossible vendredi… Je dois partir en voyage…

— Mercredi ?

On est ce mercredi-là, et il n'est pas venu. Tout à l'heure, dans un bar du haut des Champs-Élysées, le barman lui remettra un pneu à son nom, il sera avec des amis, il laissera tomber :

— Je sais ce que c'est…

Peut-être fourrera-t-il la lettre dans sa poche sans la lire ?

— Garçon !

Les mains moites, elle fouille dans son sac pour y chercher de la monnaie, et son regard, encore une fois, tombe sur Dominique, qui la fixe.

Qu'importe à Dominique ? Est-ce que les filles de la cartonnerie ne se moquaient pas d'elle ? Elle ne feint même pas de s'intéresser à autre chose. Elle est comme le petit frère et la petite sœur qu'elle appelait aussi « les petits pauvres », quand elle avait six ans. C'était à Orange. Tous les jours, à la même heure, sa bonne la conduisait sur le mail, avec ses jouets. On s'installait sur un banc, et invariablement les deux petits pauvres venaient se planter à deux ou trois mètres, le frère et la sœur, haillonneux, le visage barbouillé, des croûtes dans les cheveux et au coin des lèvres.

Sans honte aucune, ils restaient là, à la regarder jouer toute seule. Ils ne bougeaient pas. La bonne leur criait :

— Allez jouer plus loin !

Ils ne faisaient que reculer d'un pas et s'immobilisaient à nouveau.

— Ne vous approchez pas d'eux, Nique… Vous attraperiez des bêtes…

Ils entendaient. Cela devait leur être indifférent, car ils ne bronchaient pas, et la bonne finissait par joindre le geste à la parole, se levait, agitait les bras, faisait comme pour chasser des moineaux :

— Brrou…

Peu importait qu'Antoinette haussât les épaules en passant devant elle. Elle lui envoyait quand même son

130

message. Ce n'était qu'un regard. Tant pis si on ne le comprenait pas. Ce regard-là disait :

« Vous voyez, je sais tout, depuis le commencement… Je n'ai pas compris au début, et j'ai été bêtement méchante, j'ai écrit les deux billets pour vous faire peur et vous empêcher de jouir de votre crime… Je ne vous connaissais pas encore… Je ne savais pas que vous ne pouviez pas agir autrement… C'était la vie qui vous poussait, vous aviez besoin de vivre… Vous avez tout fait pour cela… Vous auriez fait davantage encore… Vous avez suivi à Trouville le dragon de la tour… Vous avez contemplé de loin les gens qui s'amusaient, qui avaient l'air de vivre. Et, pour vivre, vous aussi, vous avez eu le courage d'aller prendre vos repas là-haut, de sourire à Mme Rouet mère, de coudre en face d'elle, d'écouter ses interminables souvenirs sur sa larve de fils…

» Les minutes du petit bar, les heures de l'*Hôtel de Montmorency* suffisaient à payer tout cela. Vous les prolongiez. Vous prolongiez le contact d'une peau sur votre peau, et le soir, seule dans votre lit, vous cherchiez encore à travers votre odeur un peu de l'odeur de l'homme…

» Il n'est pas venu… Il ne viendra plus…

» Je sais. Je comprends.

» Pendant des semaines, vos fenêtres ont été fermées, et le brun des volets prolongeait sinistrement le brun du mur ; il n'y avait plus rien de vivant en face de moi, rien non plus dans l'appartement ; j'étais seule, je mettais mon chapeau sans me regarder dans la glace, je descendais dans la rue comme les

131

pauvres qui n'ont à eux que ce que le passant laisse traîner de lui en s'éloignant.

» Je suis là !

» Il n'est pas venu. Tout est fini. *Qu'est-ce que nous allons faire ?* »

Par instants, il semblait à Dominique qu'Antoinette allait s'approcher d'elle, lui parler. Elles sortiraient ensemble du vaste café grouillant, s'enfonceraient côte à côte dans le calme mouillé du soir.

Tant d'efforts, tant d'énergie, tant de volonté farouche pour aboutir à…

Fallait-il tout recommencer, en chercher un autre, d'autres jours sans doute que le mercredi et le vendredi, un petit bar différent et pareil, un hôtel dans lequel on s'engouffre l'un derrière l'autre ?

C'était une question maintenant qu'exprimaient les yeux de Dominique, parce qu'Antoinette savait mieux qu'elle :

« Est-ce cela ? »

Était-ce à cela qu'elle rêvait certaine nuit qu'elle ne pouvait pas dormir et qu'accoudée à sa fenêtre, en chemise de soie, les épaules blanches de lune, elle contemplait le ciel ? Était-ce à cela qu'elle pensait quand, une main sur le chambranle de la porte, elle attendait que son mari fût mort pour entrer dans la chambre et verser le médicament sur le terreau du *Phoenix Robelini* ?

Antoinette souffrait. Elle souffrait tellement qu'elle aurait été capable, là, devant tout le monde, de se traîner aux pieds de l'homme s'il était entré.

Et pourtant Dominique l'enviait. Elle prenait pour elle, elle volait furtivement, au passage, une part de tout cela, le bon et le mauvais ; la vue du petit bar lui donnait un choc au cœur, sa peau s'humectait quand elle passait devant la façade crémeuse de l'*Hôtel de Montmorency*. Qu'est-ce qu'elles allaient faire, à présent ? Car Dominique ne pouvait pas imaginer qu'il n'y eût plus rien. La vie ne pouvait pas s'arrêter.

Elles prirent, l'une derrière l'autre, la première rue à droite, franchirent comme un fossé le rectangle lumineux d'un cinéma ; les vitrines étaient brillamment éclairées ; les autobus, parce que la rue était étroite, passaient au ras des trottoirs ; des silhouettes se croisaient, se frôlaient. Antoinette se retourna, impatiente, mais, derrière elle, dans les hachures de pluie, il n'y avait qu'une petite personne insignifiante sous un parapluie, une silhouette banale, une femme ni jeune ni vieille, ni laide ni jolie, pas très bien portante, trop pâle, le nez un peu long, sévèrement de travers, Dominique, qui marchait à pas pressés le long des étalages, comme n'importe quelle femme qui va n'importe où, en remuant les lèvres, dans la solitude de la foule.

2

— Cécile ! savez-vous si Mme Antoinette est rentrée ?

— Il y a près d'une heure, Madame.

— Qu'est-ce qu'elle fait ?

— Elle s'est couchée sur son lit tout habillée, avec ses souliers crottés.

— Sans doute s'est-elle endormie. Allez lui dire de monter. Monsieur va rentrer.

La nuit tombe de bonne heure, les fenêtres sont closes, empêchant tout contact entre l'air mouillé et froid du dehors et les petits cubes d'air chauffés des alvéoles où les gens sont confits. Est-ce à cause de la lumière jaunâtre, épaisse, de l'écran des vitres et des rideaux, de la pluie qui met sur toute agitation un manteau de silence, les êtres, dans les maisons, paraissent étrangement immobiles et, même quand ils remuent leurs membres, s'étirent au ralenti, leur muette pantomime se dévide dans un monde de cauchemar où des choses semblent en place pour l'éternité, un coin de buffet, un reflet de faïence ébréchée, l'angle d'une porte entrebâillée, la perspective glauque d'une glace.

Il n'y a plus de feu chez Dominique, rien que l'odeur du gaz, celle qui persiste le plus longtemps, pour l'accueillir, lui donner la sensation du chez elle. Elle est réellement pauvre. Ce n'est pas par jeu qu'elle compte ses dépenses par centimes. S'il y a jeu, si elle en arrive peut-être à s'y complaire comme les bigots qui se mortifient, c'est venu après, c'est une défense instinctive, inconsciente : transformer une froide nécessité en un vice pour l'humaniser. Il ne brûle jamais qu'une bûche à la fois dans l'âtre carré, une petite bûche qu'elle fait durer le plus longtemps possible, car elle est devenue experte en cette matière. Dix fois, vingt fois, elle en change l'inclinaison, ne laisse noircir qu'un côté, puis l'autre, règle presque, comme dans une lampe à pétrole, la flamme qui lèche le bois et, avant de sortir, ne manque jamais de l'éteindre. Il n'y a qu'une mince vague de chaleur, et une porte qui s'ouvre et se referme suffit à la déplacer ou à la dissiper.

Un papier a crissé sur le plancher quand elle est entrée, elle a ramassé une lettre.

Mademoiselle,

Je suis confus de vous faire encore faux bond, du moins en partie. Je me suis présenté deux fois aujourd'hui au journal où l'on me doit de l'argent, et le caissier était absent. On m'a formellement promis son retour pour demain. Sinon, si ces gens se moquent décidément de moi, je prendrai d'autres dispositions.

Je vous demande de ne pas croire à de la mauvaise volonté de ma part. Pour témoigner de mon bon vouloir, je joins un acompte que vous jugerez sans doute ridicule.

Je vous écris ce mot, car nous devons dîner chez des amis, à l'autre bout de Paris, et nous rentrerons très tard, peut-être ne rentrerons-nous pas de la nuit. Ne vous inquiétez donc pas à notre sujet.

Croyez, mademoiselle, à mes sentiments respectueux et dévoués.

Albert Caille.

On est le 20. Les Caille n'ont pas encore payé leur loyer. La valise a, une fois de plus, quitté la maison, et ce n'était pas pour rapporter le manteau d'hiver de Lina, qui sort toujours en tailleur, mais pour emporter du linge de son trousseau. Ils sont allés le vendre à des Juifs de la rue des Blancs-Manteaux.

Ils doivent de l'argent chez Audebal et dans d'autres magasins du quartier, surtout chez le charcutier, car ils ne vont plus guère au restaurant ; ils se cachent pour apporter un peu de nourriture dans leur chambre, où il n'y a toujours pas de réchaud.

Quand ils sont seuls, ils n'en souffrent pas. Mais Albert Caille évite de rencontrer Dominique ; par deux fois il lui a envoyé Lina pour demander un délai.

Dominique est plus pauvre qu'eux, car elle le sera toujours. Ce soir, elle ne dînera pas, car le thé qu'elle a bu dans le café des Champs-Élysées – elle n'a pas pu résister au désir d'un gâteau qui se trouvait sur la table – représente plus de la valeur d'un de ses repas habituels. Elle se contentera d'un peu de café réchauffé.

Les Caille sont allés rue du Mont-Cenis tout en haut de la Butte, où ils ont maintenant des amis. Ils se réunissent à dix ou douze, dans un atelier, au fond d'une cour ; des femmes, faisant bourse commune, vont acheter de la charcuterie ; les hommes s'arrangent pour apporter du vin ou de l'alcool ; dans une demi-obscurité voulue, on se vautre sur un divan défoncé, on s'étend par terre sur des coussins ou sur une carpette, on fume, on boit, on discute pendant que la pluie tombe à une cadence désespérément lente sur Paris.

M. Rouet descend de taxi, paie le chauffeur, donne vingt-cinq centimes de pourboire. Malgré la pluie, il a fait presque tout le chemin à pied sous son parapluie, à pas égaux ; ce n'est qu'au bas du faubourg Saint-Honoré qu'il a hélé une voiture.

Un seul battant de la porte de l'immeuble est ouvert. La lumière est jaune dans le vestibule ; les boiseries sombres garnissent les murs jusqu'à hauteur d'homme ; un tapis sombre, strié de barres de cuivre, couvre l'escalier. L'ascenseur est encore resté au cinquième : les locataires du cinquième omettent toujours de le renvoyer ; il faudra qu'il le leur fasse remarquer une fois pour toutes par la concierge, car il est le propriétaire de l'immeuble. Il attend, s'installe dans la cage étroite, pousse sur le troisième bouton.

La sonnerie résonne au loin dans l'appartement. Cécile ouvre la porte, prend le chapeau, le parapluie mouillé, aide à retirer le pardessus noir, et, quelques instants plus tard, ils sont trois assis à la table de la lourde salle à manger, sous l'éclairage immuable de la lampe.

Le décor, autour d'eux, paraît éternel ; les meubles, les objets donnent l'impression d'exister depuis toujours et de poursuivre leur vie pesante sans souci des trois personnages qui manient leur cuiller ou leur fourchette, et de Cécile, en noir et blanc, qui glisse sans bruit sur ses chaussons.

Alors, tandis qu'on sert le second plat et qu'on n'entend que des soupirs, Antoinette a une absence. Au moment où elle lève la tête, où elle aperçoit à sa gauche et à sa droite les deux visages de vieillards, ses yeux expriment une stupeur effrayée ; on dirait qu'elle voit pour la première fois le monde qui l'entoure ; elle ressemble à quelqu'un qui s'éveille dans une maison inconnue. Ces deux êtres, qui lui sont pourtant familiers et qui l'encadrent comme des geôliers, elle ne les connaît pas, ils ne lui sont rien, aucun lien ne les rattache à elle ; elle n'a aucune raison d'être là, à respirer le même air que ces deux poitrines usées et à partager leur menaçant silence.

De temps en temps, Mme Rouet la regarde, et ses regards ne sont jamais indifférents, ses moindres paroles ont un sens.

— Vous êtes malade ?

— Je ne me sens pas très bien. Je suis allée chez ma mère. J'ai voulu monter la rue Caulaincourt à pied. Il y avait des courants d'air. Peut-être ai-je pris froid ?

Mme Rouet doit savoir qu'elle a pleuré, que ses paupières sont encore brûlantes et endolories.

— Vous êtes allée au cimetière ?

Elle ne comprend pas tout de suite. Au ci…

— Non… Pas aujourd'hui… C'est en arrivant chez ma mère que je me suis sentie lasse et que j'ai été prise de frissons.

Ses yeux s'embuent, elle pourrait pleurer, elle pleurerait, là, à table, si elle ne faisait un effort, et pourtant, à ce moment, elle pleurerait sans raison, car elle ne pense pas à celui qui n'est pas venu, elle est malheureuse dans le vague, pour rien et pour tout.

— Vous prendrez un grog et deux cachets d'aspirine avant de vous coucher.

Si l'on examinait les murs de l'appartement, on y lirait toute l'histoire de la famille Rouet. On trouverait, entre autres, une photographie de Mme Rouet jeune fille, en tenue de tennis, une raquette à la main et, chose curieuse, elle était mince, vraiment jeune fille.

Plus loin, dans un cadre noir, c'était le diplôme d'ingénieur de M. Rouet et, pour lui faire pendant, l'usine de son beau-père, quand il y était entré, à vingt-quatre ans.

Il portait les cheveux en brosse, des vêtements corrects, sans coquetterie, comme il en porterait toute sa vie, les vêtements d'un homme qui travaille, pour qui toutes les heures sont consacrées au travail.

Un autre homme avait-il jamais travaillé autant que lui ?

Une photographie de la noce. L'ingénieur, à vingt-huit ans, avait épousé la fille de ses patrons. Tout le monde était grave, pénétré d'un calme bonheur, d'une dignité que rien ne pouvait atteindre, comme dans une histoire édifiante. Les ouvriers avaient

140

envoyé une délégation. On leur avait servi un banquet dans un des hangars de l'usine.

Ce n'était encore qu'une petite usine. La grande, celle que Rouet, voici quelques années, a revendue cent millions, c'est lui qui l'avait créée, qui l'avait portée à bout de bras, jour par jour, minute par minute, et pourtant, pour lui-même comme pour elle, sa femme n'était-elle pas toujours restée la fille du patron ?

— Tu as quitté le bureau, cet après-midi, Germain ?

C'est un homme de soixante-six ans qu'elle a devant elle. Il est resté aussi grand, aussi large, aussi droit qu'autrefois. Ses cheveux, qui ont blanchi, sont toujours aussi drus. Il a tressailli. Il hésite avant de répondre. Il sait que tous les mots de sa femme ont un sens.

— J'ai eu tant de travail que je ne me souviens plus… Attends… À un moment donné, Bronstein… Non… Je ne pense pas que j'aie quitté le bureau… Pourquoi me demandes-tu cela ?…

— Parce que j'ai téléphoné à cinq heures et que tu n'y étais pas.

— Tu as raison… À cinq heures, j'ai reconduit un client, M. Michel, jusqu'au coin de la rue… Je voulais lui dire quelques mots en dehors de Bronstein…

Elle le croit ou elle ne le croit pas. Il est plus probable qu'elle ne le croit pas. Tout à l'heure, elle le laissera se coucher le premier, fouillera son portefeuille, comptera les billets.

Il ne montre aucune humeur et continue à manger, calme, serein. Il y a si longtemps que cela dure ! Il ne s'est jamais révolté, il ne se révoltera jamais. Son corps est comme une écorce dans laquelle les gens pensent qu'il n'y a rien, parce qu'il s'est habitué à tout garder à l'intérieur. D'ailleurs, à l'intérieur, il n'y a aucune révolte, cela peut à peine s'appeler de l'amertume. Il a beaucoup, beaucoup travaillé. Il a tant travaillé que cette masse de travail, cette montagne de labeur humain qu'il a derrière lui l'écrase, lui fait peur comme l'édredon qui, dans un cauchemar, menace d'emplir toute la chambre.

Il a eu un fils. C'était probablement, c'était sûrement l'enfant de sa chair, mais il n'a jamais rien senti de commun entre eux ; il l'a vaguement regardé grandir sans pouvoir s'intéresser à cet être amorphe et mal portant ; il l'a mis dans un bureau, puis dans un autre, puis, lorsqu'il a revendu son affaire, parce que le médecin lui ordonnait le repos, il l'a placé, comme un objet, avec un titre convenable, dans une affaire où il avait des intérêts, une affaire de coffres-forts.

Trois êtres mangent et respirent. La lumière sculpte différemment les trois visages ; Cécile guette méchamment de la porte le moment de changer les assiettes, et l'on pourrait croire qu'elle les hait pareillement tous les trois.

Dans un bar des Champs-Élysées, il y a sans doute un homme grand, impeccablement vêtu, au teint pâle, à la lèvre ironique et tendre, qui boit des cocktails en parcourant les journaux de course et qui se souvient à peine de la rue Montaigne.

Des jeunes gens, des jeunes femmes, qui ont toute la vie devant eux, boivent et s'excitent dans la demi-obscurité de l'atelier de la rue du Mont-Cenis, et

Dominique attire machinalement vers elle, près de la bûche dont la toute petite flamme lui tient compagnie, la corbeille à bas, enfile sa laine, penche la tête, introduit l'œuf de bois verni dans un bas gris dont le pied est déjà si reprisé qu'elle ne reprise plus que des reprises. Elle n'a pas faim. Elle s'est habituée à n'avoir pas faim. On assure que l'estomac s'accoutume, devient tout petit ; elle doit avoir un estomac minuscule, un rien lui suffit.

Le silence monte de la rue noire et luisante, suinte des maisons, des fenêtres aux rideaux tirés derrière lesquelles vivent des gens ; le silence coule des murs, et la pluie aussi est silence, son bruissement monotone est une forme de silence, car il rend le vide plus sensible.

Il pleuvait comme cela, d'une pluie plus longue et plus drue, avec de soudains courants d'air qui s'efforçaient de retourner les parapluies, quand un soir, elle est passée, par hasard, rue Coquillière, près des Halles, où elle était allée acheter des boutons pour assortir à une vieille robe qu'elle avait fait teindre. À l'angle des porches béants s'alignaient des plaques d'émail et de cuivre, beaucoup de noms, des professions, des commerces auxquels on ne pense jamais, partout des escaliers sombres et branlants, des éventaires à l'abri des portes cochères, un grouillement noir, qui sentait l'huile des frites qu'une marchande préparait en plein vent.

D'un de ces porches, Dominique a vu sortir M. Rouet. Jamais elle n'avait soupçonné que c'était dans un tel endroit qu'il se rendait chaque jour, de son pas digne et mesuré, comme un employé qui va à son bureau. Comment s'y prenait-il pour traverser les rues visqueuses sans tacher ses souliers toujours impeccables ? C'était sa coquetterie. Parfois il baissait la tête pour s'assurer qu'aucune tache de boue n'étoilait le noir luisant du chevreau.

Société Prima
Articles de Paris

Escalier B – Entresol – Fond du couloir à gauche.

Sur la blême plaque d'émail, une main noire montrait le chemin.

À l'entresol, dans des pièces grises au plancher râpeux, où l'on frôlait le plafond de la tête, où le papier des murs moisissait par places, il y avait des marchandises dans tous les coins, des caisses, des ballots, des boîtes en carton, des peignes bleus et verts, des poudriers en galalithe, des choses luisantes, nickelées, vernies, vulgaires, mal faites, comme on en vend dans les bazars et sur les foires ; une femme de cinquante ans, en blouse noire, rangeait du matin au soir et recevait les clients ; une porte était toujours fermée, à laquelle on ne frappait qu'avec crainte, et, derrière cette porte, assis, devant un bureau jaune, un énorme coffre-fort dans le dos, se tenait M. Bronstein, le crâne nu, luisant, avec une seule mèche de cheveux noirs qui semblait dessinée à l'encre de Chine.

À gauche du bureau, un seul fauteuil, fatigué, mais confortable, derrière le fauteuil une fontaine pour se laver les mains, un morceau de savon et une serviette à bordure rouge, qui sentait la caserne.

144

C'était ici, dans ce fauteuil, que M. Rouet venait s'installer chaque jour après avoir traversé sans un regard les pièces encombrées de pacotille.

— Personne ?

Car, s'il y avait un client avec M. Bronstein, il passait dans un cabinet de débarras où il attendait, debout, comme on attend derrière une porte ou derrière un paravent dans les maisons de rendez-vous où les clients ne se rencontrent jamais.

La Société Prima était son affaire ; il y avait placé ses millions, que Bronstein faisait fructifier. L'article de Paris était une façade, l'activité de la maison résidait tout entière dans ce gros coffre indécent, bourré de traites, de reconnaissances de dettes, d'étranges contrats.

C'est ici, en face du Juif polonais, que venaient échouer les petits commerçants en difficulté, les artisans, les industriels gênés. Ils entraient avec un sourire contraint, décidés à bluffer, à mentir, et, quelques minutes plus tard, ils avaient vomi toute la sale vérité, ils n'étaient plus rien que des hommes aux abois, qu'on eût fait s'agenouiller devant le coffre-fort savamment entrouvert.

Quand il ne pleuvait pas, il arrivait à M. Rouet, par hygiène, de franchir, de son pas régulier, la distance qui sépare la rue Coquillière du faubourg Saint-Honoré, frôlant une vie turbulente, et certains qui le voyaient passer toujours à la même heure admiraient en lui un vieillard alerte.

Dominique, sans le vouloir, l'avait suivi ailleurs, en de plus troubles pérégrinations. Elle l'avait vu, embusqué sous son parapluie, se faufiler, le dos rond, dans les ruelles qui avoisinent les Halles. Elle l'avait vu marcher d'un autre pas, irrégulier, saccadé, se précipiter vers une silhouette lointaine sous un bec de gaz, ralentir, faire demi-tour pour s'éloigner à nouveau et elle n'avait pas compris tout de suite le sens de cette chasse ; elle était angoissée par les perspectives chaotiques des rues, par ces porches glacés et noirs, par ces escaliers qui débouchaient à même la chaussée, par les globes dépolis qui surmontaient des portes d'hôtels effarants et par les ombres immobiles ou fuyantes, par les vitrines de petits bars où des êtres attendaient, Dieu sait quoi, dans une immobilité de personnage de cire.

L'homme de la tréfilerie, l'homme du faubourg Saint-Honoré, de la table dressée dans la salle à manger immuable, allait toujours, poussé par une force implacable ; son pas redevenait un pas de vieillard, ses genoux devaient trembler ; il frôlait des filles qui sortaient de l'ombre pour se raccrocher à lui, leurs visages comme aimantés se rapprochaient un instant dans la lumière incertaine, et il repartait, lourd et anxieux, rongeant sa fièvre, avec des alternances d'espoir et de découragement.

Dominique savait. Au coin d'une ruelle, elle l'avait vu s'arrêter près d'une fillette maigre, sans chapeau, avec sur les épaules un méchant manteau vert dont elle n'avait pas passé les manches. Celle-ci allait, plus furtive que les autres, sans doute parce qu'elle n'avait pas l'âge, sur ses longues jambes grêles ; elle avait levé la tête en secouant ses cheveux mouillés, comme pour mieux se prêter à l'examen de l'homme, et il l'avait suivie à quelques pas de distance, comme Antoinette, rue Montaigne, suivait l'Italien ; il s'était enfoncé, derrière elle, dans une de ces ouvertures sans porte au bout de laquelle ses pieds avaient buté sur les marches d'un escalier ; une lumière avait brillé. Dominique s'était enfuie, prise de peur, et elle avait tourné long-temps, avec l'angoisse de ne pas échapper à ce laby-rinthe inquiétant.

Ils mangeaient l'entremets, tous les trois, sous la lampe. Chacun pensait pour son compte, suivait le fil simple ou compliqué de ses pensées ; il n'y avait que Mme Rouet qui regardât les autres comme si, seule, elle eût porté le poids de leur vie et de la vie de la maison.

Au mur, devant elle, pendait un portrait de son fils, à cinq ou six ans, coiffé d'un chapeau de paille, les deux mains sur un cerceau. Était-elle seule à ne pas avoir compris, dès cette époque, que ce n'était pas un garçon comme les autres, mais un échantillon raté, un être flou, inconsistant ? Et sur cette autre photogra-phie où, jeune homme, il essayait de regarder devant lui en prenant un air brave, n'était-il pas évident qu'il ne fournirait jamais une vie comme tout le monde et que rien ne l'arracherait à son incurable mélancolie ?

De lui, dans la maison, il ne restait qu'Antoinette, l'étrangère avec qui on n'avait aucun point de contact et qui, son mari mort, était assise à leur table au lieu de continuer dans quelque rue Caulaincourt, avec sa mère, la vie qui était la sienne.

Cela, du dehors, se résumait à des rideaux derrière lesquels palpitait un peu de lumière et, dans la salle à manger, au foyer des Rouet, toute la vie tenait dans les yeux froids de la vieille femme, qui, terriblement lucides, se posaient sur les visages, sans passion, sans amour, que ce fût le visage faussement serein de son mari, ou celui de sa bru, où le sang coulait à fleur de peau.

Elle savait. C'était elle qui avait dicté le contrat de mariage. C'était elle encore, dès les premières années, qui avait créé la vie de la maison, qui l'avait conduite, endiguée ; c'était elle toujours qui avait empêché son fils d'avoir une existence à lui, qui l'avait voulu enfant toute sa vie, jusque dans son travail, où il n'était qu'un employé de l'usine.

C'était elle, puisqu'elle ne pouvait l'empêcher de se marier, qui avait accroché le second foyer au sien, et c'était à cause d'elle que le ménage n'avait rien en propre et ne vivait que du traitement mensuel d'Hubert et des sommes qu'elle lui donnait.

Un froid sourire flottait sur ses lèvres, tandis que son regard frôlait les épaules d'Antoinette, cette chair jeune et ardente, où frémissaient les frissons de l'évasion.

Antoinette ne possédait rien, sinon ses meubles. Il lui faudrait attendre, pour disposer d'argent en propre, la mort de ses beaux-parents, et alors elle n'aurait que l'usufruit de la fortune qui, à sa mort, enfin retournerait à de lointains Rouet, ou plutôt à des Lepron.

C'était très bien ainsi. C'était pour cela qu'elle restait dans la maison, qu'elle était allée à Trouville, pour cela encore, par peur de la pauvreté, qu'elle montait prendre ses repas en famille et que, des heures durant, elle tenait compagnie à sa belle-mère.

— Vous n'avez presque rien mangé.

148

— Je n'ai pas faim. Je vous demande pardon.

Antoinette appréhendait de ne pas aller jusqu'au bout du dîner sans laisser éclater sa nervosité. Elle aurait voulu crier, mordre, hurler sa peine, appeler l'homme qui n'était pas venu, comme tragiquement les bêtes des bois appellent le mâle.

— On dirait que vous avez pleuré.

Et Cécile, à la porte, se régalait de chaque nouveau coup.

— Nous avons parlé de choses tristes, avec ma mère.

— D'Hubert, n'est-ce pas ?

Antoinette était si loin que, sans le vouloir, elle levait des yeux étonnés.

Hubert ? Elle s'en souvenait si peu ! C'est à peine si elle était capable, en fermant les yeux, de reconstituer son visage. Il était mort, définitivement. Il ne restait rien de lui, qu'une image confuse, une impression de tristesse ou plutôt de vie morne qui se traînait, menaçant de durer toujours.

— Un jour qu'il ne pleuvra pas, nous irons sur sa tombe ensemble. N'est-ce pas, Antoinette ?

— Oui, maman.

Elle n'était pas sûre d'avoir parlé. Sa voix était passée dans l'air comme la voix d'une autre. Elle avait besoin de se lever, de se détendre.

— Je vous demande pardon…

Elle les voyait tous les deux assis face à face, elle s'efforçait de se persuader que c'était elle, Antoinette, qui était là ; elle répétait :

— Je vous demande pardon…

Elle fuyait. Elle avait une envie folle de sortir dans la nuit humide, de courir aux Champs-Élysées, d'entrer dans tous les bars pour le chercher, lui clamer que ce n'était pas possible, qu'il ne pouvait l'abandonner, qu'elle avait besoin de lui, qu'elle ferait n'importe quoi, qu'elle ne prendrait presque pas de place, à peine celle d'une servante, pourvu qu'il...

— Cécile ! Descendez avec Mme Antoinette. Je pense qu'elle n'est pas dans son assiette.

Alors M. Rouet prononçait en cherchant un cure-dent dans sa poche :

— Qu'est-ce qu'elle a ?

— Tu ne peux pas comprendre.

La vérité, c'est qu'elle ne savait pas encore, mais elle saurait, elle en était sûre, elle ne vivait que pour savoir tout ce qui se passait autour d'elle, dans le cercle qu'elle dominait.

— La solitude ne lui vaut rien. C'est curieux qu'elle n'ait pas une seule amie.

Comme c'étaient bien là des paroles d'homme ! Des mots ! Les Rouet avaient-ils des amis ? Ils ne voyaient même pas les parents plus ou moins proches qu'ils avaient semés en route et qui leur écrivaient humblement au nouvel an parce qu'ils étaient riches.

Pour quoi faire, des amies ? Est-ce que Mme Rouet laisserait des étrangers, des étrangères, violer sa maison ?

Il avait bien fallu en admettre une, Antoinette justement, parce que son fils la voulait coûte que coûte, parce qu'il était capable, faible comme il l'était, d'en faire une maladie.

— Tu l'auras, ta femme !

Il l'avait eue. Il avait su ce que c'était. Il s'était vite fatigué de la suivre partout où elle courait, poussée par son besoin de s'agiter et de tournoyer autour des lumières.

— Avoue que tu n'es pas heureux.

— Mais si, maman !

Alors, pourquoi s'était-il mis à collectionner des timbres-poste, puis à apprendre l'espagnol, tout seul, des soirées durant ?

Maintenant, Antoinette filait doux. Mme Rouet l'avait dressée.

— Dites à Mme Antoinette de monter.

Elle montait.

— Antoinette, passez-moi le fil bleu. Pas celui-là. Le bleu marine. Enfilez-moi donc mon aiguille.

Elle palpitait, frémissait d'impatience, mais elle obéissait, elle restait là, des heures durant, à l'ombre de sa belle-mère.

— Ah ! tu as pleuré ! Ah ! tu n'avais pas faim…

Si seulement elle avait pu marcher comme tout le monde ! N'était-ce pas paradoxal d'avoir un cerveau aussi vivant, un esprit aussi agile et aussi lucide, une volonté aussi farouche et de traîner avec peine des jambes qui devenaient peu à peu d'inertes colonnes de pierre ?

Elle luttait. Quand elle était seule, quand personne ne pouvait la surprendre, elle se levait sans aide, au prix d'efforts douloureux, s'obligeait à marcher autour de la chambre, abandonnant sa canne exprès, comptant les pas ; elle y arriverait quand même, elle aurait raison de ces maudites jambes, mais nul n'avait besoin de le savoir.

Ce n'est pas rue Caulaincourt qu'Antoinette était allée se gaver de pensées tristes. Les lèvres de Mme Rouet s'avançaient en une moue dédaigneuse. Elle connaissait ces gens-là, cette sorte de gens qui n'ont que des désirs triviaux et qui ne pensent à rien d'autre qu'à les satisfaire.

Telle était la mère d'Antoinette. Sûrement que sa fille lui passait de l'argent en cachette, et chaque billet se transformait en une joie immédiate, une langouste, un dîner au restaurant, le cinéma, des voisines invitées à manger des gâteaux chez elle ou quelque horrible robe qu'elle s'achetait après avoir couru toute une journée les grands magasins.

— Ma fille qui a épousé le fils Rouet... Les tréfileries Rouet, vous savez... Des gens qui ont cent millions à eux et qui vivent comme des petits bourgeois... Quand elle s'est mariée, ils n'avaient pas de voiture !... C'est elle qui...

Elle était presque aussi fière de son autre fille, Colette, entretenue par un brasseur du Nord. Elle allait la voir dans son appartement de Passy, se cachant dans la cuisine quand le quinquagénaire arrivait à l'improviste, et peut-être écoutait-elle ; elle était capable d'entendre sans honte les bruits de la chambre et de la salle de bains.

— Passez-moi mes lunettes, Félicie. Cécile n'est pas encore remontée ?

Une voix, du vestibule.

— Me voici, madame.

— Qu'est-ce qu'elle fait ?

— D'abord, elle ne voulait pas que je prépare la couverture, elle me disait de m'en aller, elle m'a crié :

« Laisse-moi, je t'en supplie ! Tu ne vois donc pas que… »

Et la voix immuable de Mme Rouet :

— Que quoi ?

— Que rien. Elle n'a pas achevé. Elle s'est enfermée dans le cabinet de toilette. J'ai fait le lit. Quand je suis partie, elle pleurait, on l'entendait à dix mètres à travers la porte.

— Passez-moi mes lunettes.

À minuit, la mère d'Antoinette sortait d'un cinéma de la place Blanche avec une voisine de palier à qui elle avait offert sa place. Il y avait encore la tentation des brasseries illuminées, d'un petit bonheur supplémentaire.

— Si on se payait une liqueur chez Graff ?

Immobile dans son lit, M. Rouet attendait le sommeil, n'attendait rien d'autre, car il avait accepté depuis longtemps les limites de sa vie.

Dominique ravaudait des bas gris ; tous les bas de la corbeille étaient gris ; elle n'en portait pas d'autres, ce sont les moins salissants ; elle était persuadée que ce sont les plus solides et qu'ils s'harmonisent avec n'importe quelle robe.

De temps en temps, elle levait la tête, distinguait des perles blanches sur les vitres, un peu de rose diffus derrière les fenêtres d'en face, plus rien que le noir à l'étage au-dessus, et elle se penchait à nouveau, étendait le bras pour tourner légèrement la bûche afin d'entretenir la flamme jaune.

Elle se coucha la dernière de la rue. Les Caille n'étaient pas rentrés. Elle les attendit un peu dans le silence, s'endormit, se leva avant le jour, vit les vitres pâlir, et le couple ne revint qu'à sept heures du matin, après avoir traîné aux Halles parmi les légumes mouillés et les clochards abrités sous les porches.

Ils avaient tous les deux les traits tirés, Albert Caille surtout, parce qu'il avait trop bu. Par crainte de rencontrer leur logeuse, ils tournèrent la clef sans bruit et traversèrent le salon sur la pointe des pieds.

La voix lasse de Lina questionna :

— Qu'est-ce qu'on fait ?

— Nous allons d'abord dormir.

Ils ne firent pas l'amour en se couchant, mais seulement vers midi dans un demi-sommeil, et ils se rendormirent ; il était deux heures quand on entendit des bruits d'eau dans le cabinet de toilette.

Antoinette, sortie dès dix heures du matin, n'avait pas encore reparu faubourg Saint-Honoré, mais elle avait dû téléphoner vers midi, Mme Rouet s'était dirigée vers l'appareil, et on n'avait mis que deux couverts pour le déjeuner.

Maintenant, M. Rouet, ponctuel, sortait de la maison et se dirigeait vers la rue Coquillière.

3

Le train. Tandis qu'il quittait la gare et soufflait sa vapeur entre les tranches de maisons en équilibre, on pouvait encore voir, car la nuit n'était pas tout à fait venue, des croûtes de neige sur le noir des talus, dans les recoins.

L'autre fois, en août, c'était Antoinette qui était partie, laissant Dominique toute seule à Paris pendant de longues semaines. Aujourd'hui, c'était Dominique qui était dans le train, qui restait encore un moment debout dans le couloir, à regarder dehors avec un petit sourire mélancolique, puis qui pénétrait dans son compartiment de troisième classe.

Elle venait seulement de recevoir le télégramme :

Tante Clémentine décédée. Stop. Obsèques mercredi.
François.

Elle ne comprenait pas, car on était le mardi. La mort devait remonter au dimanche, puisque l'enterrement a généralement lieu trois jours après le décès. À moins d'une maladie particulièrement contagieuse ? Mais tante Clémentine n'était pas morte d'une maladie contagieuse. Elle devait avoir...

voyons… soixante-quatre et sept… soixante et onze ans… Il ne faisait pas chaud. Même à Toulon, il ne fait pas chaud en janvier, et il n'est pas besoin de presser la mise en terre.

Quel François ? Le père, François de Chaillou, qui aurait dû être à Rennes, ou n'était-ce pas plutôt son fils, qui s'était engagé dans la marine ? Son fils, sans doute. Cela se comprenait mieux. Tante Clémentine vivait seule, avec une domestique plus âgée qu'elle, dans sa villa de La Seyne-sur-Mer, près du passage à niveau, là où Dominique avait passé des vacances. Si elle avait été longtemps malade, quelqu'un de la famille serait venu près d'elle et aurait écrit à Dominique. Cela avait dû être rapide. On avait averti François, celui qui était le plus près. C'était François qui avait envoyé les télégrammes, et il avait dû oublier sa cousine. Oui, voilà comment les choses s'étaient passées. On l'oubliait toujours. Elle comptait si peu !

Antoinette ne s'apercevrait peut-être pas de son départ ! Elle verrait des volets fermés pendant trois ou quatre jours, sans se demander ce qui était arrivé à sa voisine. Les Caille resteraient seuls dans l'appartement. Pourvu qu'ils n'en profitent pas pour recevoir leurs amis de la rue du Mont-Cenis, passer toute la nuit à boire avec eux et à se vautrer dans le salon.

Le compartiment était bondé. Dominique avait un coin, contre la vitre. Il y avait près d'elle un marin en permission et un autre en face ; ils échangèrent sans conviction des allusions à leur séjour à Paris, des clins d'œil, puis des mots, de temps en temps, sur des camarades qu'ils allaient retrouver ; on les sentait sans arrière-pensée l'un vis-à-vis de l'autre, comme des

156

frères ; ils avaient sommeil et ne tardèrent pas à s'assoupir, le béret sur les yeux ; celui qui était à côté de Dominique la heurtait parfois, pesait sur elle de tout son poids dans les virages.

Longtemps elle pensa, en regardant le marin qui lui faisait face, puis en regardant une femme qui allaitait un bébé et dont le gros sein blanc l'écœurait ; un employé des chemins de fer lisait un roman bon marché ; le bruit du train pénétrait peu à peu dans sa tête, son rythme se superposait au rythme de sa respiration et aux battements de son cœur ; elle s'abandonnait ; un courant d'air glacé venu de la vitre frôlait sa nuque ; ses pieds étaient posés sur la plaque de métal qui chauffait en dégageant de la vapeur ; elle ferma les yeux, les rouvrit ; quelqu'un tourna le bouton électrique, et il n'y eut plus qu'une faible lueur bleue ; il faisait chaud, le courant d'air coulait toujours comme un filet d'eau froide ; les paupières de Dominique picotaient ; le train s'arrêtait, des gens s'agitaient dans l'obscurité d'une gare, des lumières glissaient, et on roulait à nouveau ; on devait être loin, passé Dijon, quand elle comprit que quelqu'un courait, oui, que quelqu'un poursuivait le train dans le halo pâle de la lune.

Elle ne fut pas étonnée. Elle dit simplement :

— Tiens ! Mademoiselle Augustine…

Et elle eut un sourire doux et triste, comme en échangent les gens qui connaissent leurs malheurs. Elle comprenait tout à coup. Il y avait bien huit jours qu'elle n'avait vu Mlle Augustine à sa fenêtre, mais deux ou trois fois elle avait entrevu la concierge dans la mansarde.

La vieille demoiselle était morte, comme tante Clémentine. Elle était tout heureuse d'être morte et elle courait après le train, atteignait enfin le compartiment de Dominique, s'asseyait près de celle-ci, un peu essoufflée, souriante, ravie, avec pourtant un rien de gêne, car ce n'était pas une personne à s'imposer.

C'était curieux de la voir ainsi, laiteuse, quasi lumineuse, si séduisante, si belle – car elle était belle, et pourtant on la reconnaissait !

Elle balbutiait avec une délicieuse pudeur :

— J'ai failli vous rater. Je suis allée chez vous aussi vite que j'ai pu. La chose était encore chaude sur mon lit. Je m'étais toujours promis de vous réserver ma première visite, mais vous veniez de partir et je me suis précipitée à la gare de Lyon...

Ses seins, qui devaient ressembler jadis à des méduses, se soulevaient.

— Je suis si contente ! Seulement, vous comprenez, je n'ai pas encore l'habitude. La concierge est là-haut à faire ma toilette, elle ne se tient pas de joie de laver et de tripoter une morte...

Dominique imaginait fort bien la concierge, une maigre femme qui s'en allait de la poitrine et qui faisait la toilette des morts dans tout le quartier.

— Elle est allée frapper aux portes en criant : « Elle est morte ! Mlle Augustine est morte ! »

» Et moi, je suis partie sur la pointe des pieds... J'ai attendu si longtemps ! Je croyais que cela n'arriverait jamais ! À la fin, j'étouffais, j'avais chaud, dans ce gros corps. Avez-vous remarqué que je transpirais beaucoup et que ma transpiration sentait fort ? Je vous regardais de loin. Je savais que vous me regardiez

158

aussi. Vous me disiez : « Tiens ! La vieille Augustine est à la fenêtre… »

» Et j'avais une telle envie de voler vers vous, et tout vous dire !… Mais vous n'auriez pas compris… Maintenant, c'est fini… Je suis tranquille… Je vais vous accompagner un bout de chemin…

Alors Dominique sentait une main idéalement tiède et vivante qui serrait la sienne ; elle était aussi émue qu'au premier contact de la main d'un amant ; elle avait un peu honte ; elle manquait d'habitude, elle aussi, détournait la tête en rougissant.

— Avouez, balbutiait Mlle Augustine, que j'étais une affreuse vieille fille.

Dominique voulait dire non, par politesse, mais elle comprenait qu'il était impossible, désormais, de lui mentir.

— Si ! Si !… J'en ai souffert, allez !… J'ai été si contente quand j'ai attrapé enfin ma pneumonie !… On m'a mis des ventouses et j'étais obligée de me laisser faire… Il y avait des moments où je croyais qu'ils allaient me garder, mais j'ai profité d'une heure où ils m'avaient laissée seule…

» Je vous aime tant !…

Dominique n'était pas choquée, cet amour n'était pas ridicule, elle avait l'impression que c'était tout naturel, que c'était cela qu'elle attendait depuis toujours.

Elle était seulement gênée pour les deux marins. Elle voulait en parler à Mlle Augustine, qui ne les avait peut-être pas vus. Mais sa volonté s'engourdissait, une lassitude surnaturelle s'emparait d'elle, elle avait chaud au plus profond de sa chair, de ses veines, de ses os, et un bras l'enlaçait, des lèvres s'approchaient des siennes ; elle fermait les yeux, haletait, une sensation unique la raidissait toute, elle avait peur, elle sombrait, elle…

Dominique ne sut jamais si elle avait réellement gémi. Dans la demi-obscurité bleuâtre du compartiment, elle ne vit, fixés sur elle, que les yeux ouverts du marin qui lui faisait face. Il venait peut-être de s'éveiller ? Ou bien y avait-il longtemps qu'il nageait ainsi entre la veille et le sommeil ?

Elle était encore troublée. Elle avait honte. Quelque chose avait failli se produire en elle qui s'était arrêté net, quelque chose qu'elle pressentait, qui lui faisait peur, à quoi elle n'osait pas donner un nom.

Elle ne dormit plus de la nuit. Dès les pâles lueurs de l'aube, alors qu'on venait de dépasser Montélimar, elle se tint dans le couloir, le visage immobile contre une vitre, et elle vit défiler les premiers oliviers, les toits roses, presque plats, les maisons blanches.

Il y avait du soleil à la gare Saint-Charles où elle alla boire une tasse de café et manger un croissant à la buvette, tout en surveillant son train.

Plus loin, elle entrevit la mer très bleue, avec une infinité de crêtes blanches, car le mistral soufflait, le ciel était pur ; on voyait, sur la route, les gens tenir leur chapeau.

À Toulon, elle prit le tram et, malgré sa honte, elle n'était pas encore parvenue à dissiper tout à fait l'extraordinaire sensation qui laissait des traces au plus secret d'elle-même.

Cela lui était arrivé une seule fois, jadis, quand elle avait seize ou dix-sept ans, mais alors cette sensation s'était épanouie comme une fusée dans le bleu profond du ciel et l'avait laissée hébétée, vide de substance.

Tiens ! Dans un taxi découvert, elle reconnaissait son cousin Bernard avec une jeune fille qu'elle n'avait jamais vue. Elle leur adressait des signes. Bernard se retournait trop tard, le tramway était déjà loin derrière.

— Ma pauvre Nique ! Ce que tu dois être fatiguée ! Monte un instant pour te rafraîchir.

L'enterrement avait lieu dans une heure. La maison était pleine d'oncles, de tantes, de cousins. Tous l'embrassaient.

— Tu es toujours la même ! disaient-ils. À quelle heure as-tu reçu le télégramme de François ? Figure-toi qu'il n'avait pas ton adresse, si bien que tu es arrivée trop tard pour *la* voir une dernière fois. On ne pouvait pas attendre plus longtemps, tu comprends…

Et, tout bas :

— Elle commençait à sentir… Ses jambes avaient enflé, les derniers temps… Mais non… Elle n'était pas changée… Si Dominique avait pu la voir… Elle paraissait dormir… Est-ce qu'elle se souvenait ?… Le petit Cottron, un jour, avait dit naïvement que tante Clémentine avait un goût de fruit confit… Eh bien ! elle était restée ainsi jusqu'à la fin… Mais…

— Va te débarbouiller… On t'apprendra ça tout à l'heure… Tu seras bien surprise, va !… Tu as vu le pauvre oncle François ?… Il a voulu venir quand même… Hélas ! nous craignons fort que ce ne soit son tour un jour ou l'autre et que nous nous retrouvions bientôt tous à Rennes…

Il y eut beaucoup de monde à l'enterrement, beaucoup d'uniformes… Les voiles des femmes volaient, on avait franchi le passage à niveau que Dominique avait à peine reconnu ; il lui semblait que tout cela était plus petit, la villa aussi, et si banal !

Plusieurs fois, pendant l'office des morts, elle pensa à Antoinette qu'elle revoyait à d'autres obsèques, à Saint-Philippe-du-Roule ; puis, au sortir du cimetière, elle se retrouva mêlée à toute la famille ; ses oncles, ses tantes étaient devenus des vieillards.

— Tu n'as pas changé, toi !

Eux avaient changé. Et les cousins, les cousines, qui étaient maintenant des personnes mûres, qui étaient mariés et avaient des enfants.

On lui montrait un gamin de treize ans, qui lui avait dit :

— Bonjour, tante.

— C'est le fils de Jean…

Ce qu'elle retrouvait avec le plus d'étonnement, c'est le vocabulaire d'autrefois, ces mots qui n'avaient un sens que dans la famille, dans le clan. Parfois elle devait faire un effort pour comprendre.

On avait dressé deux grandes tables dans la salle à manger et dans le salon de la villa. On avait mis tous les enfants à la même table. Il y avait à côté d'elle un polytechnicien en uniforme, qui avait une voix basse et qui l'appelait sans cesse petite tante.

— Le prof de math est un chic type…

— Moi, je fais latin-langues…

Les mêmes mots-totems, prononcés par des êtres qu'elle avait connus bébés, ou dont elle ne connaissait l'existence que par les lettres de nouvel an.

« Berthe Babarit, qui a épousé l'année dernière un ingénieur des Ponts et Chaussées et qui vit à Angoulême, vient d'avoir un enfant… »

Elle les regardait. Elle avait l'impression qu'ils la regardaient aussi à la dérobée, et elle en était gênée. Elle aurait voulu être comme eux, se sentir à nouveau du clan. Ils étaient sans inquiétude, se retrouvaient comme s'ils ne s'étaient jamais quittés. Certains, qui vivaient dans la même ville, se rencontraient souvent, faisaient allusion à des amis communs, à des détails de carrière, à des vacances passées ensemble au bord de la mer.

— Vous ne vous sentez pas trop seule à Paris, Nique ? Je me suis toujours demandé pourquoi vous restiez dans cette ville, alors que…

— Je ne m'ennuie pas.

Nique n'a pas changé ! Nique n'a pas changé ! On le lui répète comme si, seule de la famille, elle avait toujours eu le même âge, quarante ans, comme si elle avait toujours été vieille fille.

Oui, ils avaient prévu qu'elle ne se marierait pas, et ils trouvaient cela naturel ; personne ne faisait allusion à la possibilité d'une autre vie.

— Je me demande comment tante Clémentine a pu agir ainsi… Si du moins elle avait eu l'excuse de la nécessité !… Mais elle touchait une pension… Elle avait tout ce qu'il lui fallait…

— Elle qui était si affectueuse et qui aimait tant les enfants !…

Une tante trancha :

— On n'aime réellement les enfants que quand on en a soi-même. Le reste, croyez-moi, ce sont des simagrées.

La vraie victime de tante Clémentine, c'était Dominique, qui ne disait rien, s'efforçait de garder ce sourire un peu dolent qu'elle tenait de la famille, qu'elle avait toujours vu à sa mère et à ses tantes.

Il n'existait qu'une personne dont elle eût des chances d'hériter un jour, c'était tante Clémentine, la seule qui n'eût pas d'enfants, et voilà qu'on apprenait que tante Clémentine, sans en rien dire à personne, avait placé son bien en viager.

Il ne restait à se partager que des objets personnels, une petite boîte de bijoux anciens, des bibelots, car les meubles allaient par testament à la vieille domestique, Emma, qu'on avait voulu faire asseoir à table, mais qui avait tenu à rester seule dans la cuisine.

— Qu'est-ce que tu aimerais avoir comme souvenir, Nique ? Je disais à l'oncle François que le camée te ferait plaisir. C'est un peu démodé, mais il est fort beau. Tante Clémentine l'a porté jusqu'à la fin.

On commença le partage vers quatre heures.

Les enfants avaient été envoyés dans le jardin. Certains groupes reprenaient le train le même jour.

On débattit la question des deux alliances, car tante Clémentine, qui était veuve, portait deux alliances, qu'on lui avait retirées ; certains disaient qu'on avait eu tort.

— Si l'on donne les boucles d'oreilles à Céline et la montre à Jean...

Les hommes parlaient métier, ceux qui appartenaient à l'armée ou à l'administration discutaient des avantages des postes coloniaux.

— ... Nous avons heureusement un très bon lycée. Il faudrait que ma nomination n'arrive que dans trois ans, quand les enfants auront passé leur bachot, car c'est toujours mauvais de changer de maîtres...

— Nique ? Est-ce que, franchement, le camée ?...

Et elle murmurait machinalement, parce que c'était ce qu'elle devait dire :

— C'est trop !

— Mais non ! Tiens ! Prends aussi cette photographie où tu es dans le jardin avec tante Clémentine et son mari...

À cause d'un hangar qu'on avait bâti en face, on ne voyait plus qu'un tout petit morceau de mer.

— Pourquoi ne viendrais-tu pas passer quelques jours chez nous, à Saint-Malo ? Cela te changerait les idées...

S'apercevaient-ils qu'elle avait besoin de se changer les idées ? Non ! C'étaient les mots qu'on prononçait à chaque rencontre, on s'invitait, puis on n'en parlait plus jamais.

— Quand repars-tu ?

— Demain.

— Tu as retenu une chambre à l'hôtel ? Ici, tu comprends... Nous pourrions dîner tous ensemble, ce soir, au restaurant… François ! Où pourrions-nous dîner pour pas trop cher ?

On s'embrassa encore. Parfois Dominique croyait que le contact allait se produire, qu'elle ferait à nouveau partie du clan. Son malaise tournait à l'angoisse. Tous ces visages tournaient autour d'elle, se brouillaient, se dessinaient soudain avec une netteté stupéfiante, et elle se disait : « C'est Untel ! »

Elle était trop éreintée pour reprendre le train de nuit, et elle trouva difficilement une chambre, dans un tout petit hôtel où régnait une odeur indéfinissable, hostile, qui l'empêcha presque toute la nuit de dormir.

Elle repartit par le train du jour, s'en alla furtivement avec le camée dans son sac à main. Un soleil oblique entrait dans le compartiment où, pendant de longues heures, ce fut un va-et-vient bruyant de voyageurs qui ne montaient que pour un petit parcours ; puis, aux environs de Lyon, le ciel blanchit, vira au gris, on aperçut les premiers flocons de neige au-dessus de Chalon-sur-Saône. Dominique mangea des sandwiches achetés à la gare et vécut, jusqu'à Paris, comme dans un tunnel, les yeux mi-clos, les traits tirés, burinés par la fatigue, par l'impression de vide, comme d'inutilité, qu'elle emportait de Toulon.

Quand elle arriva faubourg Saint-Honoré, elle fut dépitée de ne trouver personne. Les Caille étaient sortis. Peut-être ne rentreraient-ils que tard dans la nuit ? La chambre était froide, sans odeur ; elle alluma une bûche avant de retirer son manteau, tint une allumette au-dessus du réchaud à gaz.

À la fenêtre de la vieille Augustine, les volets étaient fermés. Donc, elle était bien morte, car jamais elle ne fermait ses volets.

Aucune lumière dans l'appartement d'Antoinette. Il était dix heures du soir. Fallait-il croire qu'elle était déjà couchée ? Non ! Dominique sentait un vide derrière les fenêtres aux rideaux tirés.

À l'étage au-dessus seulement filtrait un peu de clarté jaune, qui passa de la salle à manger à la chambre et, vers onze heures, s'éteignit tout à fait. Antoinette n'était pas non plus chez ses beaux-parents.

Dominique fit son lit, rangea avec soin son bagage, contempla le camée avant de l'enfermer dans le tiroir aux souvenirs, et elle ne cessait de guetter la rue, maussade, irritée qu'Antoinette eût profité de son absence pour commencer une nouvelle vie.

On était en janvier. Pendant plus d'un mois, il ne s'était rien passé. Une fois, deux fois par semaine, Antoinette était allée rendre visite à sa mère, rue Caulaincourt. Un jour, vers cinq heures, les deux femmes étaient sorties ensemble pour aller au cinéma, puis elles avaient retrouvé Colette dans un café des grands boulevards.

Pendant deux semaines encore, Antoinette avait franchi furtivement la porte du petit bar de la rue Montaigne. Elle n'y attendait plus, elle savait bien que c'était inutile, ne faisait qu'entrer et sortir.

— Rien pour moi ?

— Rien, madame.

Elle avait maigri, pâli, elle passait à nouveau des heures à lire, étendue sur son lit, fumant des cigarettes.

Plusieurs fois, son regard avait rencontré celui de Dominique, et ce n'était plus le coup d'œil qu'on accorde à un passant, les yeux insistaient. Antoinette savait que Dominique savait, il y avait une interrogation dans ses prunelles écarquillées : « Pourquoi ? »

Elle ne pouvait pas comprendre. Pourtant ce n'était pas de la curiosité qu'elle devinait chez cette inconnue attachée à ses pas.

Certaines fois, on aurait pu croire qu'une sorte d'affection, de confiance allait naître.

— Vous qui savez tout…

Mais elles ne se connaissaient pas. Elles passaient. Chacune allait son chemin, emportant ses pensées.

Antoinette n'était pas malade, elle n'était pas couchée, et l'idée ne venait pas à Dominique qu'elle pût être allée tout simplement au cinéma.

Non ! Il était l'heure de la sortie des cinémas. On entendait des gens rentrer chez eux, des taxis filaient à toute vitesse, les derniers autobus déferlaient dans les rues, des flocons de neige tombaient lentement et, là où ils se posaient sur la pierre froide, il n'y avait plus rien quelques secondes après, pas même une tache de mouillé.

Dix fois, Dominique contempla les volets clos de la mansarde d'Augustine et, chaque fois, elle fut envahie par la honte ; elle ne comprenait pas comment elle avait pu faire un tel rêve, et cependant elle savait que ce n'était pas un effet du hasard, elle ne voulait pas y penser et elle était tentée d'en déchiffrer le sens profond.

Est-ce qu'elle était une autre Augustine ? Elle revoyait la villa de Toulon. Ceux qu'elle avait connus, oncles et tantes, étaient devenus des vieillards ou des morts. Ceux qu'elle avait vus enfants étaient des parents à leur tour, les jeunes filles étaient des mères ; les écoliers turbulents étaient des ingénieurs ou des magistrats, les bébés parlaient de maths et de latin-grec, de profs et de bachot, l'appelaient tante Dominique.

— Tu n'as pas changé, Nique !

Ils disaient cela sincèrement. Parce que sa vie n'avait pas changé. Parce qu'elle n'était rien devenue.

La vieille Augustine était morte. Demain, après-demain, on l'enterrerait, comme on avait enterré Clémentine.

Alors, dans la rue, il n'y aurait plus de vieille fille, ou plutôt ce serait le tour de Dominique.

Elle se débattait. Elle alla se regarder dans la glace. Ce n'était pas vrai qu'elle fût vieille ! Ce n'était pas vrai que tout fût déjà fini pour elle. Sa chair n'était pas desséchée. Sa peau était restée blanche et douce. C'est à peine si, sous ses paupières, on discernait un tout petit trait assez profond, mais elle avait toujours eu les yeux cernés ; c'était une question de tempérament, de santé : jeune fille, on lui ordonnait des fortifiants et on lui avait fait des piqûres.

Quant à son corps, qu'elle était seule à connaître, c'était un corps de jeune fille, sans flétrissure.

Pourquoi Antoinette ne revenait-elle pas ? Le dernier autobus était passé, l'heure était passée du dernier métro.

Il y avait de la perfidie à profiter de l'absence de Dominique pour commencer une vie nouvelle, d'autant plus que cette absence était involontaire, que Dominique n'était partie qu'à contrecœur, en s'excusant d'un regard aux fenêtres d'en face.

Les Caille rentraient. Ils avaient vu de la lumière sous la porte. Ils chuchotaient, se demandant s'ils devaient aller la saluer et lui annoncer que tout s'était bien passé en son absence, qu'on était seulement venu pour le gaz et qu'ils n'avaient pas payé parce que…

La voix de Lina :

— Elle est peut-être déshabillée.

Puis un silence. Ils souriaient à l'idée de leur logeuse déshabillée. Pourquoi ? De quel droit souriaient-ils ? Que savaient-ils d'elle ?

Ils allaient, venaient, faisaient du bruit, s'imaginaient qu'il n'y avait qu'eux au monde, eux et leur joie de vivre, leur inconscience, les plaisirs qu'ils se donnaient sans marchander ni s'inquiéter du lendemain.

Ils avaient payé leur loyer. Mais savaient-ils s'ils pourraient le payer à la fin du mois ?

— Pas ce soir, Albert… Tu sais bien qu'on ne peut pas…

Une femme qui disait cela à un homme !…

Un taxi… Non, il s'arrêtait plus bas dans la rue. Il était une heure dix… La portière claquait… On n'entendait pas encore le pas… Blottie dans l'angle de la fenêtre, Dominique parvenait à entrevoir la voiture, le chauffeur placide qui attendait, une femme debout, penchée sur la portière, un autre visage contre le sien.

Ils s'embrassaient. Le taxi remontait vers le boulevard Haussmann. Antoinette marchait vite, cherchant la clef dans son sac, gagnait le milieu de la rue et levait la tête pour s'assurer qu'il n'y avait plus de lumière chez ses beaux-parents ; on la sentait à nouveau vivre ; une atmosphère de joie amoureuse l'enveloppait comme le manteau de fourrure dans la chaleur duquel elle se blottissait ; elle se glissait dans le corridor, hésitait devant l'ascenseur, gravissait l'escalier sur la pointe des pieds.

Chez elle, elle n'alluma que la lampe de chevet à reflets roses. Sans doute laissait-elle tomber ses vêtements à ses pieds, simplement, et se faufilait-elle dans les draps ; quelques instants plus tard, la lumière s'éteignait déjà, et il n'y avait plus âme qui vive dans le quartier. Dominique était aussi seule que la vieille Augustine, qui n'avait personne pour veiller son corps immobile.

La même fièvre, les mêmes gestes, les mêmes roueries, la même gaieté jaillissante et, vis-à-vis de Mme Rouet, la même docilité.

Antoinette, à nouveau gentille avec sa belle-mère, montait sans avoir été appelée, se livrait à de menus travaux, allait au-devant des désirs des deux vieux.

Seule, l'heure avait changé. Et les jours. Annonçait-elle encore qu'elle se rendait chez sa mère ?

171

À quatre heures et demie, elle sortait, marchait en contenant son impatience jusqu'à Saint-Philippe-du-Roule et se précipitait dans le premier taxi.

— Place Blanche !

C'était une autre qualité de mystère. Le taxi ne roulait pas assez vite à travers les rues encombrées, et une main gantée ouvrait la portière alors qu'il n'était pas encore arrêté.

Le hall d'un vaste dancing, des dorures vulgaires, des glaces, des tentures rouges, un guichet.

Entrée : cinq francs.

Une salle immense, des tables à l'infini, des projecteurs contrastant avec l'éclairage tamisé et, dans cette lumière irréelle, cent, deux cents couples qui évoluaient lentement, tandis que, dehors, à cinquante mètres, la vie de la ville déferlait avec ses autos, ses autobus, des gens qui portaient des paquets, qui couraient, Dieu sait où, à la poursuite d'eux-mêmes.

Une Antoinette transfigurée, son manteau de vison flottant derrière elle, une Antoinette qui entrait dans ce monde nouveau comme dans une apothéose et marchait droit vers un angle de la salle, sa main qui se tendait, déjà dégantée, une autre main qui la saisissait, un homme qui se levait à moitié, rien qu'à moitié, car elle était déjà à côté de lui, et déjà aussi il lui caressait le genou sous la soie noire.

— C'est moi.

Un orchestre succédait à un autre orchestre, les projecteurs passaient du jaune au violet ; les couples, un instant hésitants, se reformaient, évoluaient à une nouvelle cadence, cependant que d'autres couples émergeaient de l'obscurité des recoins.

Ainsi, à cinq heures de l'après-midi, chaque jour, il y avait là trois cents, cinq cents femmes peut-être, qui s'étaient échappées du réel et qui dansaient ; il y avait autant d'hommes, presque tous jeunes, qui les attendaient nonchalamment, les guettaient, allaient et venaient, glissants et silencieux, en fumant leur cigarette.

Antoinette ravivait le rouge de ses lèvres, le rose un peu ocré de ses joues. Un regard questionnait :

— Nous dansons ?

Et l'homme passait son bras sous la fourrure, dans la tiédeur du corps, sa main se posait sur la chair que la soie de la robe rendait plus lisse et comme plus souple, plus chair encore, plus féminine ; elle souriait, lèvres entrouvertes ; ils se perdaient parmi les autres couples sans rien voir qu'eux-mêmes à travers leurs cils mi-clos.

L'homme murmurait comme une incantation :

— Viens…

Et Antoinette devait répondre :

— Encore une…

Encore une danse… Pour retarder le plaisir… Pour rendre le désir plus lancinant… Peut-être pour ressentir, là, au milieu des autres hommes et femmes, ce que Dominique avait ressenti dans le train…

— Viens…

— Attends encore un peu…

Et, sur leur visage, on lisait qu'ils avaient commencé l'acte d'amour.

— Viens…

Il l'entraînait. Elle ne résistait plus.

— Mon sac…

Elle allait l'oublier. Elle se laissait conduire, franchissait les lourdes portières de velours rouge, passait devant la cage vitrée de la caisse.

Entrée : 5 francs.

Les autos et les autobus, les lumières et la foule, une sorte de rivière à traverser, à frôler, l'angle d'une rue à tourner dans un envol et, tout de suite après une charcuterie, un seuil à franchir, une plaque de marbre noir avec des mots dorés, un corridor étroit qui sentait la lessive.

Ce jour-là, sur le seuil, Antoinette marqua un temps d'arrêt, ses prunelles se dilatèrent l'espace d'une seconde ; elle avait reconnu une silhouette noire, un visage pâle tourné vers elle, des yeux qui la dévoraient, et alors ses lèvres se retroussèrent dans un sourire triomphant, dédaigneux, de femme qui se laisse emporter par les bras impérieux du mâle.

Le couple avait sombré.

Il ne restait plus que l'amorce d'un corridor, des passants devant l'étalage d'une charcuterie, l'image effacée de l'homme qui suivait Antoinette dans l'escalier, un mulâtre aux yeux insolents.

4

Cela arriva le 12 février et on peut dire qu'Antoinette l'avait cherché, depuis plusieurs jours déjà, Dominique le voyait ; ce n'était plus seulement de l'imprudence, mais du défi : soulevée par sa passion, emportée par un tourbillon, elle courait consciemment à la catastrophe.

Or cela ne vint pas de la concierge, ni par conséquent de M. Rouet, comme Dominique l'avait prévu. L'avant-veille, elle avait surpris la concierge qui, après une hésitation, arrêtait le propriétaire au passage. C'était, à n'en pas douter, pour lui apprendre qu'un homme pénétrait chaque soir dans l'immeuble et n'en sortait que le matin de très bonne heure. La concierge savait chez qui allait cet homme. Elle était même payée pour se taire, car Antoinette avait commis cette bêtise-là aussi de s'arrêter devant la loge et de prendre un assez gros billet dans son sac.

— Pour votre discrétion, madame Chochoi !

Il est vrai que, pour obtenir la discrétion des gens, il faut d'abord en montrer soi-même et ne pas leur laisser croire qu'on roule de gaieté de cœur vers l'abîme. Or c'était l'impression qui se dégageait d'Antoinette.

Son sourire à lui seul, luisant de joie, ruisselant d'un bonheur équivoque, était une provocation ; son rire ressemblait aux cris que devaient lui arracher les étreintes, et ses dents pointues cherchaient toujours de la chair à mordre ; sous n'importe quelle robe on la sentait nue, la chair dardée.

La concierge avait craint pour sa place, et, après avoir consulté son mari, qui était gardien de nuit dans une chocolaterie, elle avait mis M. Rouet au courant.

Celui-ci, à l'étonnement de Dominique, n'avait rien répété à sa femme, de sorte que le nouveau billet anonyme, le troisième, était tombé à faux comme les précédents.

Prenez garde !

Sincèrement, naïvement, elle voulait mettre Antoinette en garde, lui faire comprendre qu'un danger la menaçait et, dès le reçu du message, Antoinette avait fait exprès d'ouvrir la fenêtre malgré la saison, de relire ostensiblement le billet, de le rouler en boule et de le jeter dans la cheminée.

Que pensait-elle de Dominique ? Elle l'avait reconnue. Elle savait à présent que la locataire d'en face était la silhouette furtive de la rue Montaigne et du dancing, que ces yeux, braqués sur elle du matin au soir, étaient les yeux dramatiques qu'elle avait nargués au moment d'entrer dans le petit hôtel de la rue Lepic, à côté de la charcuterie.

Une maniaque ! Elle sentait bien que ce n'était pas tout à fait cela, mais elle avait autre chose à faire qu'essayer de percer ce mystère.

Le 11 février au soir, le mulâtre était dans son coin de porte cochère, comme les jours précédents, à fumer des cigarettes en attendant que la lumière s'éteignît aux fenêtres du troisième. Les Rouet se couchaient presque toujours à la même heure. Il n'y avait plus alors que quelques minutes à attendre.

Or cette attente-là était de trop, et Antoinette, en tenue de nuit, éprouvait le besoin d'écarter le rideau de sa chambre, de rester là, derrière la vitre, à contempler de loin son amant !

Enfin il avait sonné, la porte s'était ouverte, il était monté. Il y avait dans sa démarche une souplesse choquante, une assurance narquoise, qui déplaisait à Dominique.

Cette nuit-là, les Caille lui firent de la peine sans le savoir. Après dîner, ils étaient rentrés en compagnie d'une amie qui était venue deux ou trois fois les voir, mais dans la journée. Ils avaient dû rapporter du champagne, car on avait entendu sauter les bouchons. Ils étaient très gais. Le phonographe avait marché sans répit.

C'était choquant, attristant, d'entendre la voix de Lina devenant plus stridente à mesure qu'elle s'enivrait, et plus tard elle ne faisait que rire, d'un rire qui n'en finissait pas.

Pas une seule fois Dominique ne regarda par la serrure. Elle n'en sentait pas moins l'excitation équivoque qui régnait, elle entendait la voix suppliante d'Albert Caille répéter :

— Mais si !… Vous restez… Il est tard… On vous fera une petite place…

Soudain il avait éteint la lumière, et elle les avait entendus aller et venir, chuchoter, se rencontrer dans le noir ; il y avait encore eu des rires, de molles protestations.

— Vous n'avez pas assez de place ?

Ils étaient couchés tous les trois. Ils bougeaient. Lina, la première, s'était tue, après que l'inévitable se fut produit, et alors, longtemps encore, Dominique avait compris que les autres ne dormaient pas, et elle était restée attentive à cette vie secrète, comme étouffée dans la moiteur du lit.

Pourquoi était-ce une déception ? Elle avait fini par s'endormir. Un léger soleil l'avait accueillie de bon matin ; les moineaux du carrefour Haussmann pépiaient dans leur arbre. À huit heures, Cécile était descendue, comme chaque jour, et avait ouvert les rideaux du second étage, sauf ceux de la chambre, car elle n'y pénétrait qu'au coup de sonnette d'Antoinette.

Alors Dominique avait vu en même temps que la servante. Sur un guéridon du boudoir qui précédait la chambre, il y avait un chapeau d'homme, un chapeau de feutre gris, et un par-dessus.

L'amant, ce matin-là, ce qui devait fatalement arriver un jour ou l'autre, ne s'était pas éveillé.

Ses petits yeux brillants de joie, Cécile se précipitait vers l'étage supérieur, où Mme Rouet mère n'était pas encore à son poste dans la tour.

— Il y a un homme dans la chambre de Madame !

Pendant quelques instants, Dominique, immobile, vécut tout un drame : elle avait du temps devant elle,

elle se précipitait dans la rue, entrait chez le bougnat où il y avait le téléphone.

— Allô ! C'est une amie qui vous parle… Peu importe… D'ailleurs, vous savez bien qui… Oui… La servante a vu le chapeau et le pardessus… Elle est montée prévenir Mme Rouet… Dans un moment, celle-ci va descendre…

Tout cela, elle l'imagina, mais elle ne bougea pas.

Mme Rouet et son mari, là-haut, étaient à table. Discutaient-ils pour savoir qui des deux descendrait ?

Ce fut elle. Le mari resta dans l'appartement. On ne le vit pas, ce matin-là, quitter la maison pour gagner, de son pas monotone, la rue Coquillière.

— Il vaut mieux que tu restes… Au cas…

Et Dominique vit Mme Rouet, appuyée sur sa canne, pénétrer dans le boudoir, toucher d'un doigt dédaigneux le chapeau et le pardessus, s'asseoir dans le fauteuil que lui avançait Cécile.

Les deux autres dormaient-ils toujours ou avaient-ils entendu ?

Jamais Mme Rouet n'avait été aussi immobile ni aussi menaçante. Son calme était colossal. On aurait dit qu'elle vivait enfin, sans en laisser perdre la moindre miette, l'heure à laquelle elle s'était préparée pendant des années.

Elle avait attendu, sûre que cette heure viendrait. Depuis des mois, chaque jour, à chaque repas, chaque fois qu'Antoinette montait chez elle, son regard se fixait sur elle comme pour s'assurer que le moment n'était plus éloigné.

À huit heures et demie, à neuf heures moins le quart, rien n'avait bougé. À neuf heures moins dix, seulement, le rideau de la chambre remua légèrement, puis fut tiré tout à fait, et Dominique put voir Antoinette, qui avait compris qu'elle était prise au piège.

Elle n'avait pas osé sonner sa domestique. Elle n'osait pas non plus ouvrir la porte du boudoir. Elle se pencha sur la serrure, mais celle-ci ne lui permettait pas de voir le fauteuil où sa belle-mère était en faction.

L'homme était assis au bord du lit, peut-être anxieux aussi, mais narquois quand même. Et elle lui lançait nerveusement :

— Habille-toi donc !… Qu'est-ce que tu attends ?…

Il s'habilla en fumant sa première cigarette.

— Reste là… Ne bouge pas… Ou plutôt non… Passe dans la salle de bains… Tiens-toi tranquille…

Alors, en peignoir, les larges manches flottantes, les pieds dans des mules de satin bleu, Antoinette, après avoir respiré profondément, ouvrit enfin la porte.

Elles étaient face à face. La vieille Mme Rouet ne bronchait pas, ne regardait pas sa bru, fixait le chapeau et le pardessus posés sur le guéridon.

Sans se donner le temps de réfléchir, sans transition, Antoinette attaqua violemment ; elle fut déchaînée à la seconde même, et ce déchaînement atteignit aussitôt à son paroxysme.

— Qu'est-ce que vous faites ici ?… Répondez !… Vous oubliez que je suis chez moi… Car je suis encore chez moi, quoi que vous pensiez… Je vous ordonne de sortir, entendez-vous ?… Je suis chez moi, *chez moi*, et j'ai le droit d'y faire ce qu'il me plaît…

Devant elle, un marbre, une statue appuyée à une canne à bout de caoutchouc, un regard glacé.

180

Antoinette, incapable de tenir en place, marchait, laissant flotter autour d'elle les pans de son peignoir, se retenant de casser quelque objet ou de se précipiter sur son ennemie.

— Je vous ordonne de sortir... Vous n'entendez pas ?... J'en ai assez !... Oui, j'en ai assez de vous, de vos simagrées, de votre famille, de votre maison... J'en ai assez de...

L'homme avait laissé la porte de la salle de bains ouverte, et Dominique le voyait qui écoutait, en fumant toujours.

Pas un instant les lèvres de Mme Rouet ne remuèrent. Elle n'avait rien à dire. C'était inutile. Seuls les coins de sa bouche s'abaissaient en signe de mépris plus profond, de dégoût indicible, à mesure qu'Antoinette, dans son acharnement, devenait plus odieuse.

Était-il besoin d'entendre les mots ? Les gestes en disaient assez, les attitudes, les cheveux qui voletaient en tous sens, la poitrine qui se soulevait.

— Qu'est-ce que vous attendez ?... De savoir si j'ai un amant !... Eh bien ! oui, j'en ai un... Un homme !... Un vrai, et non un triste avorton comme votre fils... Vous voulez le voir ?... C'est cela que vous attendez ?... Pierre !... Pierre !...

L'homme ne bougeait pas.

— Viens donc, que ma belle-mère puisse te contempler !... Vous êtes contente, à présent ?... Oh ! je sais ce que vous allez dire... Vous êtes propriétaire de la maison... De quoi n'êtes-vous pas propriétaire ?... Je m'en irai, c'est entendu. Mais pas avant de m'être soulagée… J'ai un amant, oui… Mais vous et votre famille, votre terrible famille, vous êtes…

Dominique était pâle. Un instant, dans ses allées et venues véhémentes, le regard d'Antoinette se fixa sur elle, et elle marqua un temps d'arrêt, parut satisfaite d'être vue à cet instant, ricana, cria de plus belle, tandis que son amant s'approchait de la porte, et que Mme Rouet ne bougeait toujours pas, attendant que tout fût fini, que la maison fût enfin vidée.

Une demi-heure durant, Antoinette ne cessa de s'agiter, s'habillant, entrant dans sa chambre et en sortant, s'adressant tantôt à l'homme et tantôt à sa belle-mère.

— Je m'en vais, mais…

Elle fut prête enfin. Elle avait revêtu son manteau de vison, dont la richesse s'harmonisait mal avec ce qu'il y avait de volontairement ordurier dans son attitude.

Elle gagna la porte, cria une nouvelle injure, prit le bras de son compagnon, mais revint sur ses pas pour lancer à Cécile, qu'elle avait oubliée et qui se tenait à l'entrée de l'office, une phrase ignoble.

La rue était calme, la lumière douce. En baissant les yeux, Dominique vit le couple sortir de la maison, guetter un taxi ; c'était Antoinette qui commandait et qui entraînait son compagnon.

Quant à Mme Rouet, tournée vers Cécile, elle prononçait :

— Fermez la porte… Non… Allez d'abord chercher monsieur…

182

Il descendit. Deux phrases, pas plus, le mirent au courant. Mme Rouet se levait avec peine de son fauteuil, et alors, près d'une heure durant, tandis que Cécile faisait le guet dans l'escalier, elle inspectait les meubles, les tiroirs, s'emparait des objets qui avaient appartenu à son fils : on voyait dans ses mains un chronomètre et sa chaîne, des photographies, des boutons de manchettes, de menues choses sans valeur et même un stylo en argent.

Elle passait le butin à son mari.

— Elle reviendra. Telle que je la connais, elle est allée chez sa mère. Sa mère pensera tout de suite aux questions pratiques. Avant peu, elles reviendront tout chercher.

C'était exact. Place Blanche, le taxi s'arrêtait, l'amant en descendait dans la fraîcheur rassurante d'un décor familier et se dirigeait paisiblement vers une brasserie.

— Je te téléphonerai…

Le taxi gravissait la rue Caulaincourt. La mère d'Antoinette, un foulard autour de ses cheveux grisonnants, faisait sa chambre, dans un nuage de fine poussière lumineuse.

— Ça y est !

Désolation. Inquiétude.

— Pourquoi as-tu fait ça ?

— Ah ! non, maman, pas de sermons, je t'en prie ! J'en avais assez ! J'en avais par-dessus la tête…

— Tu n'as pas téléphoné à ta sœur ? Il faudrait peut-être lui demander conseil…

Car la jeune Colette, à la lèvre candidement retroussée, au sourire ingénu et coupant, était la femme d'affaires de la famille…

— Allô !… Oui… Comment dis-tu ?… Tu crois ?… Oui, ils en sont capables… Tu en connais un ?… Attends, je note… Un crayon, maman, s'il te plaît… Papin… pin… oui… huissier… rue… comment ? Ça va, j'y suis… Merci… Je ne sais pas encore à quelle heure… Non, pas chez maman… D'abord, il n'y a pas de place… Ensuite… Compris, oui !… C'est cela… Au point où j'en suis…

On riait aux éclats, chez les Caille, parce que Lina avait la gueule de bois et se croyait malade, geignait, se fâchait.

— Vous vous moquez de moi… Je sais bien que vous vous moquez de moi… J'ai eu trop chaud toute la nuit… Vous n'avez pas arrêté de gigoter tous les deux…

En face, Cécile avait ouvert toutes les fenêtres de l'appartement, comme si celui-ci eût été déjà vacant.

À onze heures, un taxi s'arrêta. Antoinette en descendit en compagnie de sa mère et d'un homme tristement vêtu qui regarda la maison de haut en bas, comme pour en dresser l'inventaire. Derrière eux venait une voiture de déménagement d'un jaune agressif.

Il ne fut pas question de déjeuner. Pendant trois heures, ce fut le branle-bas dans les pièces qui ne semblaient plus en former qu'une ; on démontait les meubles, l'huissier notait tout ce qui franchissait le seuil, et Antoinette semblait ressentir une joie secrète à voir le mobilier s'en aller par morceaux, les tentures disparaître des fenêtres et des portes, les tapis arrachés laisser voir la grisaille du parquet.

Fureteuse, elle s'assurait qu'il ne restait rien. C'est elle qui avait pensé au vin des déménageurs et qui était descendue à la cave. C'est elle qui s'aperçut que certains objets manquaient, et elle appela l'huissier, dicta, désignant le plafond, accusant sa belle-mère.

Toute une vie qu'on piétinait, qu'on saccageait, qu'on anéantissait en une matinée, à grands coups allègres, avec une joie sadique.

Elle y apportait un tel acharnement que sa mère, qui ne savait où se mettre, en était effrayée et que Dominique, à sa fenêtre, avait le cœur serré.

Dominique ne mangea pas. Elle n'avait pas faim, ni le courage de descendre pour faire son marché.

Les Caille étaient partis. À cause d'un rayon de soleil qui faisait croire au printemps, Lina avait revêtu un tailleur clair et arborait un petit chapeau rouge. Albert, tout heureux, tout fier, marchait entre elle et la nouvelle amie qui avait passé la nuit dans leur lit.

La chambre de Mlle Augustine, là-haut, n'était pas encore louée. Ce n'était qu'une chambre de domestique, en trop dans la maison. Il fallait trouver une autre vieille fille pour l'habiter, et on ne s'était pas donné la peine de suspendre l'écriteau, la concierge s'était contentée d'avertir les commerçants du quartier.

Une seconde tapissière, au bord du trottoir, avait succédé à la première. Mme Rouet, dans sa tour, entendait le vacarme qu'on faisait au-dessous d'elle et, quand tout serait enfin vide, quand il n'y aurait plus rien, plus un meuble, plus un tapis, plus un

185

rideau, plus un être surtout, elle descendrait pour contempler victorieusement le champ de bataille.

À deux heures, Colette descendit de taxi, vint embrasser sa sœur et sa mère, mais ne s'attarda pas, ne s'étonna pas ; elle désigna seulement un lampadaire en métal chromé, et Antoinette haussa les épaules.

— Prends-le, si tu veux !

Elle le fit descendre dans son taxi et partit avec le lampadaire.

Est-ce Antoinette qui donna l'ordre ? Les déménageurs les prirent-ils avec le reste, dans la pièce de derrière, où ils étaient rangés ? Toujours est-il que Dominique vit passer sur le trottoir un homme en blouse qui portait les deux pots de plantes vertes, et ceux-ci disparurent dans la voiture capitonnée.

Il y eut une erreur. On avait emporté, avec d'autres vêtements en vrac, un manteau vert sombre, et Cécile descendit le chercher, car il lui appartenait ; d'une des fenêtres du troisième, elle l'avait vu aux bras d'un des hommes, à moins qu'elle n'eût monté la garde dans le vestibule.

À cinq heures, c'était fini. Antoinette avait téléphoné plusieurs fois. Elle avait bu un verre de vin, d'une des bouteilles des déménageurs, dans un de leurs verres, après l'avoir rincé.

Il n'y eut dans l'appartement, quand tout le monde fut parti, que ces bouteilles, dont une à moitié pleine, et les verres sales, posés à même le plancher.

Antoinette avait oublié sa voisine de la fenêtre d'en face. Pas un regard en guise d'adieu. En bas, seulement, sur le trottoir, elle s'en souvint, leva la tête, et il y eut sur ses lèvres un sourire moqueur.

« Adieu, ma vieille ! Moi, je me tire… »

L'huissier était parti avec ses papiers. Venu en taxi, il s'en allait par l'autobus, qu'il attendit longtemps, au coin du boulevard Haussmann, près de l'arbre aux oiseaux.

— Tu n'as pas faim ? demandait, dans la voiture, la mère d'Antoinette.

Elle avait toujours faim, elle, elle aimait tout ce qui se mange, surtout la langouste, le foie gras, les choses chères et les gâteaux.

N'était-ce pas le moment ou jamais ?

— Non, maman… Moi, il faut que je…

Elle ne reconduisit pas sa mère chez elle. Elle la quitta place Clichy, lui glissa un billet dans la main en guise de consolation.

— T'en fais pas… Mais oui, j'irai te voir demain… Pas le matin, non… Tu ne comprends donc rien ?… Chez Graff, chauffeur…

Elle condescendait à agiter la main à la portière. Chez Graff, elle apercevait tout de suite l'homme qui l'attendait devant un porto.

— Maintenant, allons dîner… Tu es content ? Ouf, je ne sens plus mes jambes… Quelle journée, bon Dieu !… Qu'est-ce que tu as ?… Tu es fâché ?… Maman voulait que je m'installe chez elle, en attendant de trouver un petit appartement… J'ai fait tout mettre au garde-meuble… Un porto, garçon !… On a porté ma valise à ton hôtel…

Ils dînèrent dans un restaurant italien du boulevard Rochechouart. Le calme soudain, le silence qui les entouraient laissaient Antoinette insatisfaite, et plusieurs fois il y eut de l'anxiété, peut-être un pressentiment, dans les regards furtifs qu'elle lançait à son amant.

— Écoute, ce soir, je voudrais, pour fêter ma liberté…

Ils la fêtèrent dans tous les endroits où l'on danse et, à mesure qu'elle buvait du champagne, Antoinette devenait plus fébrile, sa voix plus criarde ; elle avait besoin de se détendre ; quand elle restait un moment immobile, ses nerfs lui faisaient mal, une folle angoisse s'emparait d'elle ; elle riait, dansait, parlait fort ; elle avait besoin d'être le centre de l'attention générale, causant exprès du scandale, et, à quatre heures du matin, ils restaient les derniers dans une petite boîte de la rue Fontaine ; elle pleurait sur l'épaule du mulâtre, comme une petite fille, geignait, s'attendrissait sur lui et sur elle.

— Tu comprends, au moins ?… Dis-moi que tu me comprends… Il n'y a plus que nous deux, vois-tu, maintenant… Il n'y a plus rien d'autre… Dis-moi qu'il n'y a plus que nous deux et embrasse-moi fort, serre-moi…

— Le garçon nous regarde.

Elle voulait à toute force boire une autre bouteille, qu'elle renversa, et on lui jeta son vison sur les épaules ; elle buta sur le bord du trottoir, l'homme la soutint d'un bras passé autour de sa taille, et soudain, près d'un bec de gaz, elle se pencha en avant, vomit ; des larmes qui n'étaient pas des pleurs jaillissaient de ses yeux, elle essayait de rire encore et répétait :

— Ce n'est rien, va… Ce n'est rien…

Puis, se raccrochant à son amant, qui se détournait :

— Je ne te dégoûte pas, dis ?... Jure-moi que je ne te dégoûte pas, que je ne te dégoûterai jamais. Parce que maintenant, tu comprends...

Il lui fit monter marche par marche l'escalier de l'*Hôtel Beauséjour*, rue Notre-Dame-de-Lorette, où il louait à la semaine une chambre avec salle de bains.

Rue du Faubourg-Saint-Honoré, les fenêtres restèrent toute la nuit ouvertes sur le vide, et la première sensation de Dominique en s'éveillant, le matin, fut la sensation de ce vide en face duquel elle allait vivre désormais.

Alors elle retrouva un souvenir oublié, un souvenir du temps où elle était petite fille, du temps de sa mère et de son père le général, quand on déménageait pour changer de garnison. On déménageait souvent, et chaque fois, en voyant la maison qui se vidait, elle était prise de panique, elle se tenait le plus près possible du seuil, par crainte qu'on l'oublie.

Antoinette ne l'avait pas oubliée, puisqu'elle avait regardé en l'air au moment de partir.

Elle était partie et elle l'avait laissée, exprès.

Dominique alluma le gaz, machinalement, pour réchauffer son café, et elle pensa à la vieille Mlle Augustine, qui était partie, elle aussi, qui avait couru après le train pour venir le lui dire, encore haletante du bonheur de sa délivrance.

5

La journée commença comme une autre, sans que rien laissât prévoir qu'elle serait exceptionnelle. Au contraire ! Il y eut dans l'air, au début, comme dans la personne de Dominique, une légèreté, une mollesse prometteuse de convalescence.

On était le 3 mars. Elle ne le sut pas tout de suite, parce qu'elle oublia d'arracher la feuille du calendrier. Ce n'était pas encore le printemps, mais déjà, le matin, quand ailleurs les volets étaient encore clos, elle ouvrait sa fenêtre toute grande, guettait les chants d'oiseaux, le bruit de la fontaine dans la cour du vieil hôtel voisin ; l'air frais, un peu humide, avait un goût qui rappelait le marché plein de légumes dans une petite ville et faisait désirer les fruits.

Elle pensa vraiment à des fruits ce matin-là, à des prunes exactement. C'était un souvenir d'enfant, dans une ville qu'elle avait habitée, elle ne savait plus laquelle, un marché qu'elle avait traversé avec son père en grande tenue. Elle était endimanchée, en robe blanche toute raide d'amidon. Le général la traînait par la main. Elle voyait briller son sabre dans le soleil. Des deux côtés, de véritables murailles de prunes défilaient ; l'air sentait la prune à tel point que cette odeur la poursuivait dans la vaste église où elle assistait à un *Te Deum*. Les portes de l'église étaient restées ouvertes. Il y avait beaucoup de drapeaux. Des hommes en civil portaient des brassards.

C'était curieux. À tout moment maintenant, elle était saisie de la sorte par un souvenir d'enfance et elle s'y complaisait. Il lui arrivait même, comme ce matin-là, de penser de la même façon que quand elle était petite fille. Ainsi le soleil se levait chaque jour un peu plus tôt ; chaque soir on allumait les lampes un peu plus tard. Alors Dominique se dit, comme si c'était une certitude : « Quand on pourra dîner le soir sans lumière, je serai sauvée ! »

C'était, jadis, sa conception de l'année. Il y avait les mois, longs et sombres comme un tunnel, pendant lesquels on se mettait à table sous la lampe allumée, et les mois qui permettaient de se promener au jardin après le repas du soir.

Sa mère, qui croyait que chaque hiver était son dernier hiver, ne comptait pas tout à fait de la même façon ; pour elle, c'était le mois de mai qui constituait l'importante étape.

« Nous serons bientôt en mai, et tout ira mieux ! »

Ainsi ce matin-là, comme les autres, vivait-elle moitié dans la réalité présente, moitié avec des images d'autrefois. Elle voyait l'appartement vide d'en face, qui n'avait pas encore été loué, un peu de rose sur les façades, un pot de géranium oublié sur la fenêtre de Mlle Augustine ; elle entendait les premiers bruits de la rue et sentait l'odeur du café qui passait, mais, en même temps, elle croyait percevoir des sonneries de clairon, le vacarme que son père faisait, le matin, en se levant, la résonance de ses éperons dans le corridor, la porte qu'il n'avait jamais pu s'habituer à refermer doucement. Un quart d'heure avant le départ du général, on entendait devant cette porte le piétinement des sabots de son cheval, qu'une ordonnance tenait par la bride.

Cela la rendait mélancolique, parce que tous les souvenirs qui lui revenaient de la sorte étaient des souvenirs très anciens, tous, sans exception, d'avant ses dix-sept ans, comme si les premières années seules eussent compté, comme si le reste n'avait plus été qu'une longue suite de jours sans saveur dont il ne restait rien.

Était-ce cela, la vie ? Un peu d'enfance inconsciente, une brève adolescence, puis le vide, un enchevêtrement de soucis, de tracas, de menus soins et déjà, à quarante ans, le sentiment de la vieillesse, d'une pente à descendre sans joie ?

Les Caille allaient la quitter. Ils partiraient le 15 mars. Ce n'était pas Albert Caille qui le lui avait annoncé. Il savait que cela lui ferait de la peine, et il n'osait pas faire de la peine, c'était chez lui une lâcheté ; il avait envoyé Lina ; ils avaient chuchoté, comme toujours dans ces circonstances-là ; il l'avait poussée vers la porte, et Lina, en entrant, avait plus que jamais l'air d'une rose poupée de son, ou d'une écolière qui a oublié son compliment.

— Il faut que je vous dise, mademoiselle Salès...
Maintenant que mon mari collabore régulièrement à un journal, il aura besoin d'un bureau, peut-être d'une dactylographe... Nous avons cherché un

appartement… Nous en avons trouvé un quai Voltaire, avec les fenêtres qui donnent sur la Seine, et nous nous y installerons le 15 mars… Nous garderons toujours un excellent souvenir de notre passage chez vous et de toutes vos gentillesses…

Ils se levaient plus tôt, couraient la ville, aménageaient, fiévreux, radieux, ne rentraient plus que pour dormir comme dans une chambre d'hôtel ; parfois même, ils ne rentraient pas, ils devaient s'étendre sur une paillasse dans leur nouveau logement.

Dominique allait et venait, faisait les mêmes gestes les uns après les autres, comme on dévide un écheveau, et c'était en somme le meilleur moment de sa journée, parce qu'il y avait un rythme établi depuis longtemps qui la portait.

Elle regarda l'heure à la petite montre accrochée au-dessus de la mule de soie. La montre en or de sa mère, ornée de minuscules brillants, lui fit penser au calendrier dont elle arracha la feuille de la veille, et elle découvrit un gros 3 très noir.

C'était l'anniversaire de la mort de sa mère. Cette année-là encore, comme les précédentes, elle avait parlé du mois de mai comme du havre qu'elle espérait atteindre, mais des suffocations l'avaient prises vers la fin d'une journée humide.

Dominique pensait maintenant à sa mère sans chagrin. Elle la revoyait assez bien, mais pas dans les détails ; elle revoyait surtout une silhouette fragile, un long visage toujours un peu penché, un être comme en veilleuse, et elle n'était pas émue, elle l'évoquait froidement, peut-être avec un peu de rancune. Car, ce qu'elle était, c'était à sa mère qu'elle le devait. Cette sorte d'impuissance à vivre – car elle se rendait compte qu'elle était impuissante devant la vie –, c'était sa mère qui la lui avait inculquée en même temps qu'une résignation élégante, qu'un effacement distingué, que tous ces menus gestes qui ne servaient qu'à bercer la solitude.

Elle vit M. Rouet qui s'en allait, regardait le ciel qui était clair, lumineux, mais où elle sentait comme une fausse promesse.

Ce n'était pas du beau temps pour toute la journée. Le soleil était d'un jaune pâle, le bleu n'était pas franc, le blanc des nuages avait des reflets de pluie.

Vers midi, elle en avait l'intuition, le ciel se couvrirait tout à fait, et alors, bien avant l'heure du dîner, tomberait sur la ville ce crépuscule angoissant qui charrie dans les rues comme une poussière de mystère.

Nerveuse, inquiète, Dieu sait pourquoi, elle éprouva le besoin de faire le grand nettoyage, et elle vécut une bonne partie de la journée en tête à tête avec des seaux d'eau, des brosses et des torchons. À trois heures, elle achevait de cirer les meubles.

Elle savait déjà ce qui allait arriver, tout au moins ce qui allait arriver presque immédiatement.

Quand elle n'aurait plus rien à faire, quand, d'un geste rituel, elle poserait sur la table la corbeille aux bas, quand la lumière commencerait à se plomber, une angoisse, qu'elle avait appris à connaître, s'emparerait d'elle.

N'était-ce pas de la même façon que cela se passait pour M. Rouet, dans son étrange bureau de la rue Coquillière ? Et l'appel était plus impérieux les jours

195

de pluie, quand le soir tombait plus vite et que des luisances équivoques donnaient un autre visage à la rue.

Lui aussi, alors, devait résister, croiser et décroiser
les jambes, dominer le frémissement de ses doigts. Lui
aussi se levait avec honte et disait d'une voix qui
n'était pas tout à fait la sienne :

— Il faut que je passe à la banque, Bronstein... Si
ma femme téléphonait...

Il se glissait dans l'escalier ; il allait, pris de vertige,
vers les rues les plus étroites, les plus sales, celles où
les coins d'ombre ont une odeur de vice, et il se frottait aux murs humides.

Elle se versa une tasse de café, beurra une tartine,
comme si cela allait la retenir. Elle était à peine assise
à nouveau, elle allait introduire l'œuf de bois verni
dans un bas, quand l'appel devint irrésistible, et elle
s'habilla en évitant de se voir dans le miroir.

Dans l'escalier, elle se demanda si elle avait fermé
sa porte à clef. De tout temps, au moindre doute, elle
serait remontée. Pourquoi, ce jour-là ne le fit-elle
pas ?

Elle attendit l'autobus, resta debout sur la plate-
forme, entre de dures silhouettes d'hommes qui sen-
taient le tabac, mais *cela* ne commençait pas encore,
cela ne commençait que beaucoup plus loin, suivant
des règles invariables.

Elle descendit place Clichy. Il ne pleuvait pas, et
cependant il y avait un voile autour des becs de gaz,
un halo devant les vitrines éclairées ; tout de suite, elle
entra dans une nouvelle vie, où les vastes enseignes
lumineuses étaient des points de repère.

Dix fois, davantage peut-être, elle était venue de la sorte, menue, les nerfs tendus, et chaque fois sa démarche était la même, elle marchait vite, sans savoir où elle allait ; à chaque instant, elle avait envie de s'arrêter, par honte ; elle feignait de ne rien voir autour d'elle, et pourtant elle happait comme une voleuse la vie qui coulait à ses côtés.

Dix fois, elle avait fui sa chambre, à cette heure si calme que le calme lui pesait comme une angoisse, deux ou trois fois elle était allée, du même pas, dans le quartier des Halles, dans ces ruelles où elle avait suivi M. Rouet, mais le plus souvent c'était ici qu'elle venait rôder avec des regards avides de mendiante.

Furtive, consciente de sa déchéance, elle se frottait à la foule qu'elle reniflait. Déjà des rites s'étaient établis, à son insu : elle traversait toujours la place au même endroit, tournait à tel coin de rue, reconnaissait l'odeur de certains petits bars, de certaines boutiques, ralentissait le pas à certains carrefours dont l'haleine était plus forte que celle des autres.

Elle se sentait si misérable qu'elle aurait été capable de pleurnicher en marchant. Elle était seule, plus seule que n'importe qui. Qu'arriverait-il si elle venait à tomber au bord du trottoir ? Un passant buterait sur son corps, quelques personnes s'arrêteraient, on la porterait dans une pharmacie et un agent tirerait un calepin de sa poche.

— Qui est-ce ?

Personne ne saurait.

Est-ce qu'aujourd'hui encore elle apercevrait Antoinette ? Elle avait fini par la retrouver. C'était pour la retrouver que, les premières fois, elle était venue errer dans le quartier.

Mais pourquoi son regard plongeait-il dans toutes ces bouches tièdes que sont les couloirs d'hôtel ? Près de certaines portes, des femmes attendaient. Dominique aurait voulu ne pas les regarder, mais c'était plus fort qu'elle. Certaines étaient lasses, à bout de patience ; d'autres la regardaient dans les yeux, placides, avec l'air de dire : « Qu'est-ce qu'elle me veut, celle-là ? »

Et il semblait à Dominique qu'elle reconnaissait à leur pas, à quelque chose de furtif, de gêné, les hommes que le désir poussait vers un de ces corridors. Ils la frôlaient aussi. Plusieurs fois, dans l'obscurité, entre deux vitrines ou entre deux réverbères, on s'était penché sur elle pour découvrir son visage, et elle ne s'était pas indignée, elle avait frémi, puis elle avait marché un bon moment sans rien voir, comme si elle eût les yeux fermés.

Elle était seule. Antoinette se moquait d'elle. C'était arrivé une fois. Cela allait peut-être arriver aujourd'hui encore.

Certains soirs, Dominique l'apercevait, solitaire, dans une brasserie de la place Blanche, tressaillant chaque fois que la porte s'ouvrait ou que retentissait la sonnerie du téléphone.

Il ne venait pas. Il la laissait attendre, des heures durant. Elle achetait un journal du soir, ouvrait son sac pour y prendre sa boîte à poudre, son bâton de rouge. Ses yeux avaient changé. S'ils étaient encore habités par la même fièvre, il y avait de l'inquiétude dans celle-ci, peut-être de la lassitude.

Mais aujourd'hui il était là. Ils étaient quatre autour d'un guéridon, deux hommes et deux femmes. Exactement comme le soir où Antoinette avait poussé le coude de son amant en lui désignant la vitre d'un mouvement du menton,

— Regarde !

Elle invitait ses compagnons à regarder Dominique qui avait le visage presque collé à la glace et qui s'était effacée dans le noir de la rue.

Pourquoi Antoinette avait-elle à présent ces éclats de rire vulgaires, frémissants de défi ? Et cette anxiété, cette terreur plutôt, quand elle regardait l'homme qui jouait nonchalamment avec elle ?

Avait-il déjà menacé de la quitter ? Poursuivait-il d'autres femmes ? L'avait-il laissée seule des nuits entières dans leur chambre de l'*Hôtel Beauséjour* ?

Tout cela, Dominique le devinait, le sentait, et un besoin la poussait à en prendre part. Antoinette ne s'était-elle pas mise à genoux devant lui, ne s'était-elle pas, dépoitraillée, demi-nue, traînée à ses pieds, ne l'avait-elle pas sauvagement menacé de le tuer ?

Sûr de lui, dédaigneux, ironique, il régnait sur elle. Cela éclatait dans tous ses gestes, dans ses regards, davantage encore quand il consultait sa montre – une nouvelle montre-bracelet qu'elle lui avait offerte – et qu'il se levait, posait avec soin sur ses cheveux crépus un feutre gris.

— À tout à l'heure, où tu sais…

— Tu ne viendras pas trop tard ?

Il frôlait les doigts de son copain, les deux hommes échangeaient un clin d'œil, il tapotait l'épaule de l'amie et un pathétique regard le suivait jusqu'à la porte, puis Antoinette éprouvait le besoin, pour cacher son trouble, de se refaire une beauté.

Cela ne durerait pas toujours. Pas même des années. Quelques mois encore ?

Elle ne le tuerait peut-être pas.

Et alors, femelle pantelante, elle hurlerait sa douleur et sa haine, elle le poursuivrait, déchaînée, se heurtant, au seuil des cafés et des dancings, à des garçons ou à des portiers avertis.

Est-ce qu'elle vit Dominique, ce soir-là ? Le camarade proposait une belote, pour lui faire prendre patience après le départ de l'amant, il réclamait au garçon un tapis et des cartes, repoussait sur le marbre du guéridon les verres pleins d'un apéritif verdâtre.

Dominique marchait à nouveau, frôlait les murs de son épaule, repoussait le souvenir qui lui revenait des deux rangées de prunes dans les paniers, d'une cathédrale aux portes grandes ouvertes d'où jaillissait un *Te Deum*.

L'appartement était vide, absolument vide, faubourg Saint-Honoré, l'unique bûche était éteinte depuis longtemps ; il n'y avait rien de vivant, il n'y aurait rien, que l'air refroidi, pour l'accueillir à son retour.

Même les femmes qu'elle voyait debout, à la porte des hôtels, devaient être moins seules, même ces hommes qui hésitaient avant de les accoster.

Tout vivait autour d'elle, et il n'y avait rien que son cœur à battre à vide, comme un réveille-matin oublié dans une malle.

200

Encore quelques semaines... Il y aurait du soleil à pareille heure... La nuit ne viendrait que plus tard, après dîner, des nuits apaisantes...

Où était-elle ? Un peu plus tôt, elle avait reconnu les fenêtres de l'*Hôtel Beauséjour* et maintenant elle descendait une rue en pente, très sombre, où les autobus et les voitures ne passaient pas ; elle regardait un cordonnier dans son échoppe, frôlait une ombre qu'elle n'avait pas vue ; la tête lui tournait, elle avait peur, sa peur grandissait soudain si fort qu'elle avait envie de crier ; quelqu'un s'était approché d'elle, quelqu'un qu'elle ne distinguait pas marchait à sa hauteur, la touchait, une main, une main d'homme, saisissait son bras ; on lui parlait, elle ne comprenait pas les mots, tout son sang se retirait et elle était sans défense, sans réaction ; elle savait, elle avait une conscience nette de ce qui lui arrivait, et le plus extraordinaire, c'est qu'elle acceptait d'avance.

Est-ce que, de tout temps, elle avait prévu qu'un jour elle marcherait ainsi dans l'obscurité d'une rue, au même pas qu'un inconnu ? Avait-elle vécu cela en rêve ? Était-ce seulement de l'avoir vu, d'avoir suivi Antoinette, d'avoir écarquillé les yeux au moment où deux silhouettes, d'un même mouvement, s'enfoncent dans la lueur trouble d'un corridor ?

Elle était sans étonnement. Elle subissait. Elle n'osait pas regarder l'homme, et elle remarquait une forte odeur de cigare refroidi.

Déjà, elle avait franchi un seuil. Il y avait, à droite, un œil-de-bœuf vitré et, derrière, un personnage en bras de chemise, une cafetière bleue sur un réchaud à gaz.

Qu'est-ce qu'il avait dit ? Il avait passé un bras velu, tendu une clef qu'elle n'avait pas prise, et pourtant elle était maintenant dans l'escalier, elle montait, elle ne devait plus respirer, son cœur ne battait plus, elle montait toujours ; il y avait un tapis sous ses pieds, une lampe en veilleuse ; elle percevait un souffle chaud dans son dos, une main, la main, la touchait à nouveau, montait le long de sa jambe, atteignait la peau nue au-dessus du bas.

Alors, haletante, comme elle atteignait l'étage, elle se retourna, vit d'abord un chapeau melon, un banal visage d'homme entre deux âges. Il souriait. Il portait une moustache roussâtre. Puis son sourire s'effaçait, et elle avait conscience qu'il était aussi étonné qu'elle ; elle se raidissait, elle était obligée de le repousser des deux bras pour se frayer un passage dans l'escalier qu'il obstruait de sa masse ; elle courait, croyait courir à une vitesse folle ; il lui semblait que la rue était très loin, que jamais elle ne retrouverait les trottoirs, les boutiques éclairées et les gros autobus rassurants.

Lorsqu'elle s'arrêta, elle se trouvait dans la cour de la gare Saint-Lazare, à l'heure la plus grouillante, quand tous les employés et ouvriers de Paris se précipitent en courant vers les trains de banlieue.

Machinalement, elle regardait encore derrière elle, mais on ne l'avait pas poursuivie ; elle était seule, bien seule, prise de vertige au milieu des gens pressés qui la bousculaient.

Alors, à mi-voix, elle balbutia : « C'est fini. »

Elle n'avait pas encore pu dire ce qui était fini. Vide de substance, elle se remettait en marche, sa bouche avait un goût de cigare refroidi, elle portait sur elle l'odeur de cet escalier d'hôtel, de ce couloir où elle avait entrevu dans la pénombre le tablier blanc d'une servante indifférente.

C'était cela !

« Ma pauvre Nique ! »

Elle était lucide, terriblement lucide.

Mais oui, c'était fini. À quoi bon ? Elle n'avait même plus besoin de hâter le pas. C'était fini, bien fini ! Et comme cela avait été peu de chose ! On imagine que la vie… « Second trimestre »… Encore un mot de son enfance… On parlait du second trimestre comme une étape interminable… Le trimestre avant les vacances de Pâques…

Pendant tout un temps, c'est trop long, les jours n'en finissent pas, les semaines sont une éternité avec le soleil du dimanche tout au bout, puis, soudain, plus rien, des mois, des années, des heures, des jours mélangés, un fatras, rien qui surnage.

« Allons ! C'est fini… »

Elle pouvait s'attendrir sur elle-même. C'était fini. C'était fini, ma pauvre Nique !

Tu n'as pas fait cela, tu ne le feras pas et tu ne deviendras pas non plus une pauvre fille comme Mlle Augustine…

Dommage qu'Antoinette ne t'ait même pas regardée aujourd'hui.

Les trottoirs familiers, la maison où elle est entrée tant et tant de fois, la boutique des Audebal, le magasin Sutton où l'on vend des malles en osier pour les gens qui partent en voyage.

Un peu plus haut dans la rue, il y a une fleuriste, et Dominique dépasse sa maison. La pluie a commencé à tomber, les gouttes font de longues traînées obliques sur la vitrine.

— Donnez-moi des...

Elle aurait voulu des marguerites. Le mot vient de lui monter naturellement aux lèvres, mais elle a beau regarder autour d'elle elle ne voit pas de marguerites comme celles qu'elle arrangeait dans un vase en pensant à Jacques Améraud.

— Des quoi, madame ?

Pas madame, mademoiselle...

... Jacques Améraud... La vieille Mme Améraud qui...

— Des roses... Beaucoup de roses...

Pourvu qu'elle ait assez d'argent sur elle. Elle paie. C'est la dernière fois qu'elle compte des billets, des pièces.

Pourvu que les Caille ne soient pas rentrés. Elle ne leur en veut pas, mais ils lui ont fait de la peine. Ils ne sont pas responsables. Ils vont leur chemin. Ils croient qu'ils vont quelque part.

Est-ce pour avoir l'occasion de parler encore à un être humain qu'elle entrouvre la porte de la loge.

— Rien pour moi, madame Benoît ?

— Mais non, mademoiselle.

Elle n'a pas pensé aux roses que la concierge regarde avec étonnement, et elle s'excuse d'un sourire très doux.

Elle est douce, c'est son caractère que sa mère lui a fait. Elle ne fait pas de bruit dans l'escalier. On lui a appris à monter sans bruit, à ne pas déranger les gens, à s'effacer.

S'effacer ! Comme ce mot lui revient de loin ! C'est bien cela ! Elle s'est effacée ! Elle va s'effacer encore…

Avant de fermer les rideaux, elle observe une dernière fois les fenêtres d'en face, lève un peu la tête, voit Mme Rouet mère dans sa tour.

… La tour prend garde…

Ses yeux se mouillent, elle tourne le commutateur et, debout devant la glace, elle se regarde.

Elle n'était pourtant pas encore une vieille fille.

Elle dégrafe sa robe. La glace disparaît, parce qu'elle a ouvert l'armoire. Elle possède encore une longue chemise de nuit ornée de point de Valenciennes, une chemise de nuit à laquelle elle a travaillé pendant des mois, dans le temps.

« Pour quand tu te marieras… »

Il lui reste un flacon d'eau de Cologne ambrée dans un tiroir.

Dominique a un pauvre petit sourire. Elle se presse un peu, parce qu'elle sent naître en elle comme des révoltes ; elle commence à se demander si personne n'est responsable de…

Le tube… Où est le tube !… Elle l'a acheté trois ans plus tôt, alors que des migraines la tenaient éveillée toute la nuit… Elle n'en a pris qu'une fois…

Tiens ! Elle a justement fait ce matin le grand nettoyage. La chambre sent le propre. Les meubles luisent. Elle compte les comprimés qu'elle laisse tomber dans un verre d'eau… Huit… Neuf… Dix… Onze…

Est-ce que cela suffira ?…

Si pourtant elle voulait… si…

Non ! Plus maintenant qu'elle sait…

« Mon Dieu, je vous en supplie, faites que… »

Elle a bu. Elle se couche. Sa poitrine se serre un peu, à cause de l'amertume du médicament. Elle a répandu l'eau de Cologne sur le lit et, une fois étendue, elle arrange les roses autour d'elle.

D'une de ses petites camarades, qui était morte et qu'on avait ainsi entourée de fleurs, les mères disaient en pleurant :

« On dirait un ange ! »

Est-ce que la drogue agit déjà ? Elle ne remue pas, n'éprouve aucune envie de remuer, elle qui a toujours eu horreur de rester couchée. Elle entend tous les bruits de la rue, guette le vacarme des autobus, leur grincement, quand ils changent de vitesse au bas de la pente ; elle voudrait entendre encore une fois la sonnerie de chez Audebal.

Voilà qu'elle a oublié quelque chose ! Elle a oublié le principal, et il est trop tard !

Antoinette ne saura pas.

Elle aurait tant voulu… Qu'est-ce qu'elle aurait voulu ?… À quoi pense-t-elle ?… Elle est malade… Non, c'est seulement sa langue qui devient plus épaisse, qui enfle dans sa bouche, mais cela ne fait rien, cela ne fait pas mal…

« Cela ne fait pas mal, ma chérie… »

Qui est-ce qui disait cela ?… Sa mère… Oui, c'était sa mère, quand elle s'était fait un bobo et qu'on lui mettait de la teinture d'iode…

Non, cela ne faisait pas mal… Est-ce que Jacques Améraud a eu mal ?…

Où est-elle allée ?… Elle est allée chercher quelque chose, quelque part, très loin… Oui, c'est déjà très loin… Est-ce qu'elle a trouvé ?…

Elle ne sait plus… C'est sot qu'elle ne sache plus… Toute la famille sera bien attrapée… À Toulon, la dernière fois, elle ne les aimait pas… Qu'est-ce qu'ils lui ont encore fait ?… Elle a oublié… C'est peut-être parce qu'ils sont partis et qu'ils l'ont laissée toute seule… Ils ne semblaient pas la voir… La preuve qu'ils ne la voyaient pas, c'est qu'ils disaient :

— Tu n'as pas changé, Nique !

Qui est-ce qui l'appelle Nique ? Elle est toute seule. Elle a toujours été toute seule !

Peut-être que, si on lui donnait seize gouttes du médicament qui est sur la table de nuit… Pourquoi Antoinette reste-t-elle derrière la porte au lieu de venir verser les gouttes ?…

Tu es une petite sotte, Nique !… Tu te rappelles qu'on t'a toujours traitée de petite sotte… Tu te faisais des idées et tu oubliais le principal… Tu as déjà oublié que tu n'avais pas averti Antoinette… Elle est là-haut, dans le café… Elle joue à la belote…

Tu n'as même pas pensé que les roses allaient sentir mauvais. Les fleurs sentent toujours mauvais dans une chambre où il y a un mort…

Quand les Caille rentreront… Ils ne sauront pas… Ils croiront que la maison est comme toujours… Peut-être remarqueront-ils seulement qu'on n'entend pas ton habituel trottinement de souris, mais cela leur est égal, ils se déshabilleront, ils se coucheront, ils se colleront l'un contre l'autre et on entendra des soupirs…

Personne ne les entendra… Le matin, peut-être…

Albert Caille aura peur. Ils chuchoteront. Il dira à Lina :

— Vas-y, toi !…

Il la poussera…

C'est un mauvais tour à leur jouer, alors qu'ils n'en ont plus que pour douze jours à habiter la maison. Ils ne savent même pas à qui il faut télégraphier.

Ils vont tous être obligés de prendre le train, à Rennes, à Toulon, à Angoulême ; heureusement qu'ils ont encore des vêtements de deuil !

— Elle qui, la dernière fois que nous l'avons vue, à l'enterrement de tante Clémentine, avait l'air si…

— Moi, je lui ai trouvé un petit air malheureux…

Pourquoi ? Ce n'est pas vrai. Elle n'a pas été malheureuse.

Elle a tenu sa promesse, voilà tout. Maintenant, il faut qu'elle se dépêche de prévenir Antoinette.

C'est facile… Dans quelques minutes, dans quelques secondes, ce sera fini, et alors elle fera comme Mlle Augustine, elle courra là-bas, près d'Antoinette, elle lui criera, frémissante de joie :

« Voilà !… Je suis venue… C'était vous que je voulais voir la première, vous comprenez ?… Je ne pouvais rien vous dire, avant… Je vous regardais de loin et vous ne compreniez pas… Maintenant que c'est fini… »

Elle rougit. Est-ce qu'elle est encore capable de rougir ? Elle est confuse. Un frisson la saisit toute…

Oui… encore quelques secondes, quatre, trois, deux… encore rien… Tout de suite, elle va serrer

208

Antoinette dans ses bras, se pencher sur son visage, sur ses lèvres si vivantes, si vivantes…

Si vi…

— T'en fais donc pas pour Pierre, mon petit. Du moment qu'il t'a dit qu'il viendrait, il viendra…

Elle s'efforce de sourire. Il est minuit. On la laisse seule dans un coin de la brasserie et, en se voyant dans la glace, elle se fait à elle-même l'effet d'une femme qui attend n'importe qui.

M. Rouet se lève de son fauteuil et commence à se déshabiller, tandis que sa femme range encore, en s'appuyant sur sa canne.

Elle a téléphoné rue Coquillière, et il n'était pas là. Elle attend qu'il soit endormi pour compter les billets dans son portefeuille. Comme s'il ne le savait pas et ne prenait pas ses précautions !

Il a emprunté cent francs à Bronstein.

Il a tant travaillé, toute sa vie, pour gagner son argent !

Il n'a pas eu de chance, tout à l'heure. Quand la gamine s'est déshabillée, sur un édredon rouge, il a vu de petits boutons le long de cuisses maigres et il a eu peur.

Il n'y a plus que le réveille-matin à battre dans la chambre de Dominique ; quand les Caille rentrent enfin, ils ne s'en aperçoivent pas, se déshabillent, se couchent, mais ils sont trop fatigués d'avoir tapissé toute la journée leur futur logement.

Elle dit seulement d'une voix déjà endormie :

— Pas ce soir…

— Pas ce soir…

Il n'insiste pas. Des minutes passent.

— Pour les mille francs de denier à Dieu, je crois que si on demandait à Ralet…

Lina dort.

La pluie tombe sans bruit, tout fin.

FIN

Le 7 juillet 1942.

Le Livre de Poche s'engage pour
l'environnement en réduisant
l'empreinte carbone de ses livres.
Celle de cet exemplaire est de :
250 g éq. CO_2
Rendez-vous sur
www.livredepoche-durable.fr

PAPIER À BASE DE
FIBRES CERTIFIÉES

Composition réalisée par FACOMPO (Lisieux)

Achevé d'imprimer en novembre 2012 en France par
CPI BRODARD ET TAUPIN
La Flèche (Sarthe)
N° d'impression : 70864
Dépôt légal 1re publication : novembre 2012
LIBRAIRIE GÉNÉRALE FRANÇAISE
31, rue de Fleurus – 75278 Paris Cedex 06